हिन्द पॉकेट बुक्स

व्यक्ति स्वातंत्र्य का पुजारी

जॉन स्टूअर्ट मिल प्रसिद्ध आर्थिक, सामाजिक, राजनैतिक एवं दार्शनिक चिन्तक थे। वे प्रसिद्ध इतिहासवेत्ता और अर्थशास्त्री जेम्स मिल के पुत्र थे। जॉन स्टूअर्ट मिल बचपन में कुशाग्र-बुद्धि और प्रतिभाशाली था। दर्शन, अर्थशास्त्र, फ्रेंच, ग्रीक तथा इतिहास का अध्ययन किया। 17 वर्ष की उम्र में ईस्ट इंडिया कंपनी की सेवा में प्रविष्ट हुआ और 35 वर्ष तक सेवा करता रहा। अपने कार्य से समय निकालकर वह साहित्य सृजन के लिए भी समय देता था और अपने लेखन में इस कद्र खो जाया करता था कि जैसे लेखन में आत्मा का समावेश हो गया हो।

जॉन स्टूअर्ट मिल

व्यक्ति-स्वातंत्र्य का पुजारी

प्रस्तुति
डॉ० ओम नागपाल

हिन्द पॉकेट बुक्स
पेंगुइन रैंडम हाउस इम्प्रिंट

हिन्द पॉकेट बुक्स

यूएसए | कनाडा | यूके | आयरलैंड | ऑस्ट्रेलिया | सिंगापुर
न्यू ज़ीलैंड | भारत | दक्षिण अफ्रीका | चीन

हिन्द पॉकेट बुक्स, पेंगुइन रैंडम हाउस ग्रुप ऑफ़ कम्पनीज़ का हिस्सा है,
जिसका पता global.penguinrandomhouse.com पर मिलेगा

पेंगुइन रैंडम हाउस इंडिया प्रा. लि.,
चौथी मंजिल, कैपिटल टावर -1, एम जी रोड,
गुड़गांव 122 002, हरियाणा, भारत

पेंगुइन
रैंडम हाउस
इंडिया

प्रथम हिन्दी संस्करण हिन्द पॉकेट बुक्स द्वारा 1991 में प्रकाशित
यह हिन्दी संस्करण हिन्द पॉकेट बुक्स में पेंगुइन रैंडम हाउस द्वारा 2022 में प्रकाशित

10 9 8 7 6 5 4 3 2

ISBN 9789353492373

मुद्रकः रेप्रो इंडिया लिमिटेड

www.penguin.co.in

FSC
www.fsc.org
MIX
Paper from responsible sources
FSC® C047271

This is a legitimate digitally printed version of the book and therefore might not have certain extra finishing on the cover.

यशस्वी विक्रम
के नाम

मिल ही क्यों

पूछा जा सकता है, मैंने मिल पर ही लिखना क्यों पसन्द किया ? राजनीति दर्शन की आकाशगंगा के किसी अन्य चमकते हुए सूर्य पर क्यों नहीं ? न तो मिल प्लेटो की तरह कल्पना के पंख लगाकर आसमान की ऊंचाइयों पर किसी दार्शनिक शासक के साथ उड़ता है, न ही मिल हाब्स की तरह मानव मस्तिष्क को परत-दर-परत उघाड़ता हुआ किसी 'लेवियाथन' का प्रतिपादन करता है। न तो मिल अरस्तू की तरह धरती पर संभलकर चलता हुआ राज्य के विकास की वैज्ञानिक कहानी सुनाता है और न ही मिल, रूसो की तरह लोकप्रिय सम्प्रभुता के माध्यम से फ्रांस की क्रांति का शंखनाद करता है।

दर्शन की दुनिया का शहनशाह नहीं है मिल। कोई मौलिक या अनुपम सिद्धांत प्रतिपादित नहीं किए हैं मिल ने। बस, वह तो एक औसत विचारक था। उसने बहुत पढ़ा और बहुत लिखा। उसका सम्पूर्ण लेखन सामान्य होते हुए भी विशिष्ट था। स्वतंत्रता-सम्बन्धी उसके निबन्ध में यह विशिष्टता विशेष रूप से मुखर होती है। सौ से अधिक साल पहले उसने जिस तार्किक एवं सशक्त लहजे में विचार एवं अभिव्यक्ति की आज़ादी का प्रतिपादन किया, उसकी अनुगूंज आज उन देशों में भी सुनाई देने लगी है, जो जाने-अनजाने मिल का अपमान एवं तिरस्कार करने में मज़ा लेते थे।

मुझे 'यूरो साम्यवाद' में मिल झांकता हुआ दिखाई दिया। मुझे सोवियत संघ के घुटन-भरे दिनों में भूमिगत रूप से प्रकाशित होने वाले साहित्य 'समिज़दात' में मिल की पंक्तियों की ध्वनि सुनाई दी। यहां तक

कि गोर्बाचेव के 'ग्लासनोस्त' में भी मुझे मिल पर्दे के पीछे से प्राम्पटिंग करता हुआ दिखाई दिया। इसलिए मुझे लगा कि छोटे 'कद' के इस विचारक को उसके सही आकार में प्रस्तुत करना उचित भी है और सामयिक भी। स्वतंत्रता के इस निष्ठावान्, परंतु उपेक्षित पुजारी को, वह सम्मान दिया ही जाना चाहिए, जिसका वह हक़दार है।

यह पुस्तक राजनीति विज्ञान के प्राध्यापकों सहित आम पाठकों के लिए भी है, लेकिन उन लोगों के लिए अधिक महत्त्वपूर्ण है, जो मिल के बारे में जानना चाहते हैं, लेकिन जिन्हें बहुत अधिक गहराई में डूबने की कोई दिलचस्पी नहीं है। इसलिए पुस्तक सरल भाषा और सरस शैली में लिखने का प्रयास किया गया है। इसमें बोझिल वाक्यों और क्लिष्ट शब्दों के वे ताने-बाने नहीं हैं, जिनमें उलझा हुआ बुद्धिजीवी बाहर आने का मार्ग खोजता रहता है। बस, मिल के जीवन और विचारों की एक सीधी- सच्ची कहानी है यह।

जिन पाठकों को पुस्तक पसंद आए उन्हें धन्यवाद। निवेदन कर रहा हूं उन पाठकों से जिन्हें पुस्तक में कुछ कमियां दिखाई दें। कृपया अपना आक्रोश अपने तक ही न रखें। पत्रों द्वारा मुझ पर भी प्रहार करें, ताकि जब भी पुस्तक का नया संस्करण छपे वह सुधरा हुआ, निखरा हुआ हो।

—डॉ० ओम नागपाल

अध्यक्ष
म० प्र० उच्च शिक्षा अनुदान आयोग,
भोपाल

क्रम

जीवन और रचनाएं

उसका नाम सुनते ही संसार के तमाम साम्यवादी विद्वान उसकी तरफ पत्थर उठाकर फेंकने लगते हैं। कहने लगते हैं, वह प्रतिक्रियावादी था। चह बुर्जुआ था, उदारवादी था। वह लंगड़ा समाजवादी था। उसने उदार वाद और समाजवाद के मखमली वस्त्रो में जो विचार प्रस्तुत किए, वे नग्न पूंजीवादी विचार थे।··· और यह आरोप सही भी हैं, लेकिन साम्यवाद के आधुनिक मसीहा गोर्बाचेव ने ग्लासनोस्त की जो ताजा हवाएं विश्व के आकाश में बिखेर दी हैं, पूर्वी यूरोप के तमाम साम्यवादी देशों में लोकतंत्र और अभिव्यक्ति की आजादी की जो उन्मुक्त लहरें उमड़ने लगी हैं, उनमें उसके 'स्वतंत्रता' -सम्बन्धी विचारों की महक सरलता से पहचानी जा सकती है।

जी हां। हम जॉन स्टुअर्ट मिल की ही बात कर रहे हैं। दर्शन की दुनिया का सूर्य नहीं था मिल। चन्द्रमा भी नहीं। राजनीति दर्शन के इतिहास में सजी विद्वानों की महफ़िल में अग्रिम पंक्ति में भी नहीं है जॉन स्टूअर्ट मिल, तो भी मिल पठनीय है। अभिनन्दनीय है। मिल एक इतिहासकार था, अर्थशास्त्री था, दार्शनिक था, नीतिशास्त्री था, राजनीति वैज्ञानिक था, समाज सुधारक था और सांसद था। चाहे विद्वानों की महफ़िल में उसका नाम हाशिए पर आता हो, लेकिन उसकी एक पुस्तक है 'स्वतंत्रता' (ऑन लिबर्टी), अभिव्यक्ति की आजादी पर लिखे इस अनुपम एवं ओजस्वी निबन्ध ने मिल को विश्व के लोकतंत्र प्रेमियों के बीच एक सम्माननीय स्थान प्रदान किया है। इसी पुस्तक के कारण मिल अमर है।

मिल का जन्म 20 मई, 1806 को लन्दन में हुआ था और उसकी मृत्यु 8 मई, 1873 को फ्रांस के एविग्नान में हुई थी। जॉन स्टूअर्ट मिल के पिता जेम्स मिल एक प्रसिद्ध इतिहासकार एवं उपयोगितावादी विचारक थे। अपने बच्चों की शिक्षा के बारे में उनके विचार कुछ अजीब ही थे। उनका कहना था कि स्कूल में बच्चों की पढ़ाई ठीक तरह नहीं हो सकती। यदि बच्चों को किसी क़ाबिल बनाना है, तो उन्हें अपने ढंग से घर पर ही पढ़ाया जाए। एक मोची के घर में जन्म लेने वाले जॉन ने कड़ी एवं निरन्तर मेहनत के बल पर ही ब्रिटन के बुद्धिजीवियों में अपना स्थान बनाया था। जीवन के संघर्ष ने उन्हें खुरदुरा, शुष्क और कटु बना दिया था। 'इंग्लैंड का राजदर्शन' में डेविडसन लिखता है:

> मिल का चरित्र कठोर एवं अहंकारपूर्ण था। उसमें रागात्मकता कम था, तथ्यात्मकता अधिक थी।

मिल के गुरु और दोस्त, बैंथम ने भी जेम्स के बारे में कहा था :

> वह अपने दृढ़ और सशक्त स्वरों से दूसरों की बात दबा देना चाहता है और अपनी सार्थकता हर व्यक्ति पर सिद्ध कर देना चाहता है। उसकी भाषण शैली में दूसरों की बात दबाने और अपनी बात उभारकर प्रस्तुत करने की विशेषता है।

बैंथम तो मिल को एक 'केरेक्टर' कहा करता था। बेशक जेम्स मिल का व्यक्तित्व एक तीखा और अनुशासित व्यक्तित्व था। अपने पिता के बारे में जॉन ने भी लिखा था :

> किसी भी वस्तु के भावनात्मक एवं रागात्मक आवेग के विस्फोट अथवा उसके समर्थन में प्रस्तुत किए गए तर्क-वितर्कों को वे घृणा की दुष्टि से देखते थे और उन्हें पागलपन की संज्ञा से सम्बोधित किया करते थे।

ऐसे कठोर, अनुशासनप्रिय और शुष्क पिता की सन्तान था जॉन स्टूअर्ट मिल। जॉन को उनके पिता घर पर ही पढ़ाया करते। वे उसे कमरे में बैठकर पढ़ाते, बग़ीचे में टहल-टहलकर पढ़ाते, रात को सोने से पहले पढ़ाते। इसका परिणाम यह हुआ कि तीन वर्ष की अवस्था में ही उसे ग्रीक भाषा की शिक्षा दी गई और आठ वर्ष की आयु में उसे गणित

और अंग्रेजी की उच्च शिक्षा मिलने लगी। बचपन में जब खेलने-कूदने के दिन होते हैं, मिल ने 'ग्रीक दर्शन' और प्लेटो के 'संवादों' को बांच डाला था। जब वह आठ वर्ष का हुआ, तो ग्रीक भाषा के साथ-साथ उसे लैटिन की भी शिक्षा दी गई और वह राजनीति दर्शन की काफी गहराइयों से परिचित हो गया। अरस्तू का 'तर्कशास्त्र' और प्लेटो के 'विधिशास्त्र' जैसे विषय बहुत कठिन थे और प्रौढ़ आयु वालों के लिए ही उपयुक्त माने जाते थे।

डेविडसन के अनुसार :

> इस अवस्था तक उसका प्रधान शिक्षक उसका पिता ही था, जो अत्यधिक विचारशील था। श्रमशील, नियमित और कुशल होने के नाते वह दक्षता के साथ यह निर्णय किया करता था कि मिल को किसकी शिक्षा दी जाए और किसकी न दी जाए। इस प्रकार, उसने न केवल जॉन स्टूअर्ट मिल की देखभाल ही की वरन् सुकरात की पद्धति के अनुसार वाद-विवाद एवं आदेशात्मक पद्धतियों द्वारा धीरे-धोरे उसकी मानसिक शक्तियों को इस प्रकार विकसित किया जो अपने-आप में अद्वितीय थीं। उसने जॉन स्टूअर्ट मिल को जीवन के आरम्भ में एक मॉनीटर की तरह परिवार के अन्य छोटे बच्चों को शिक्षा देने का भार भी दे दिया था। इस प्रकार जॉन स्टुअर्ट मिल का बौद्धिक विकास पठन- पाठन के माध्यम से विविध विषयों में प्रगाढ़ एवं ज्ञान-सम्पन्न होता गया। इन सबका परिणाम यह हुआ कि बहुत ही अल्प आयु में जॉन स्टुअर्ट मिल की अकाल परिपक्वता की चर्चा हर जगह होने लगी।

जॉन के पिता अपने पुत्र को एक तेजस्वी विद्वान् बनाना चाहते थे। उन्हें नाटककार या कवि पसन्द नहीं थे। न शेक्सपियर, न कॉलरिज। मिल्टन को थोड़ा-बहुत सम्मान वे अवश्य देते थे, परन्तु मूलतः वे तो सुकरात और प्लेटो के दीवाने थे। वे बार-बार आठ वर्ष के जॉन के हाथों में प्लेटो के 'संवाद' थमा देते। कभी 'रिपब्लिक', कभी 'लॉज', कभी 'क्रीटो', कभी 'फ़ीडो', कभी 'सिम्पोजियम'।...और कहते, इन्हें पढ़ो।

कैसा आश्चर्या था कि आठ वर्ष के जॉन को प्लेटो के संवादों के बहुत-से अंश कंठस्थ हो गए थे जिस तरह भारत के मेधावी ब्राह्मण पुत्रों को ऋग्वेद की ऋचाएं कंठस्थ हो जाती हैं। घर ही जॉन का विद्यालय था, घर ही उसका विश्वविद्यालय। उसके पिता ही उसके क्लास टीचर थे और पिता ही वाइस चांसलर। यह एक सौभाग्य भी था और यही एक दुर्भाग्य भी।

जब जॉन चौदह वर्ष का था, तो उसके जीवन में एक मोड़ आया। असल में बचपन से ही निरन्तर पढ़ते-पढ़ते वह थक गया था। उसने न स्कूल की शरारतें देखी थीं, न बचपन का हंसी-मज़ाक़। वह युवावस्था में ही बूढ़ा होने लगा था। एक अजीब थकावट, उदासी और मानसिक तनाव का वह शिकार होने लगा था। उसका मन बहलाने के लिए उसके पिता ने उसे फ्रांस भेज दिया। फ्रांस में वह जैरिमी बैन्थम के भाई सर सैमुअल बैन्थम के पास रहा। फ्रांस में मिल सागर तटों पर, नदियों के किनारों पर, पहाड़ों की वादियों में घूमता रहा। पहली बार उसने जीवन में प्राकृतिक सौन्दर्य की छटा को निहारा। पहली बार वह संस्कृति प्रेमी समाज के साहित्य, कला और संगीत के प्रत्यक्ष सम्पर्क में आया। साथ ही उसने फ्रांस की राजनीति को समीप से देखा और फ्रांस के राजनीतिक साहित्य की उष्मा को महसूस किया। उसकी आत्मा के तार झनझना उठे। फ्रांस की उस यात्रा का नशा जीवन-भर उसके दिमाग पर छाया रहा। ताज़ा हवा के झोंकों ने उसके बीमार मन में एक नई मस्ती बिखेर दी। पहली बार मिल ने जाना, सुख के पीछे पागलों की तरह भागने से सुख नहीं मिलता, सुख तो अनायास, अनजाने, अचानक ही मिल जाता है।

इंगलैंड वापिस लौटने पर मिल फिर पुस्तकों की दुनिया में खो गया। बैन्थम के ग्रन्थों के सम्पादन में अपने-आप को डुबो दिया और फ्रांसीसी भाषा में उनके अनुवाद में जुट गया।...और जुट गया नई-पुरानी पुस्तकों के अध्ययन में। अर्थशास्त्र के सिद्धान्तों का अध्ययन, विधिशास्त्र के पोथों का अध्ययन, दर्शन की गहराइयों में डुबकियां। उसने लॉक, रिकार्डो, ऑस्टिन, बर्कले, ह्यूम, डूगाल्ड, स्टीवार्ट, और न जाने कितने विद्वानों के

ग्रन्थ बांच डाले।

सोलह वर्ष की उम्र में तो वह एक प्रौढ़ विद्वान् बन चुका था। उसने एक संस्था बनाई, नाम रखा 'युटिलिटेरियन सोसाइटी'। जाहिर है, युवा मिल पर उसके पिता के मित्र और गुरु जैरिमी बैन्थम का प्रभाव बहुत अधिक था। उनकी तरह वह भी मानता था कि प्रत्येक व्यक्ति उपयोगिता- वादी ही होता है। इसीलिए, संस्था का नाम 'युटिलिटेरियन सोसाइटी' रखा गया। संस्था में लन्दन के कई प्रबुद्ध जन राजनीति दर्शन, अर्थशास्त्र, तर्क विज्ञान, मनोविज्ञान आदि के सामयिक और सैद्धान्तिक विषयों पर खुलकर बहस करते। सुकरात की शैली में सत्य तक पहुंचने का मार्ग वाद-विवाद का मार्ग माना गया। तार्किक पद्धति को प्रमुख पद्धति माना गया। अनुभवमूलक पद्धति को भी महत्त्व दिया गया। संस्था ने मिल के बौद्धिक विकास एवं वैचारिक अभिव्यक्ति को नए आयाम प्रदान किए। संस्था पहले खूब चली, फिर रेंगने लगी और साढ़े तीन वर्ष बाद इसने दम तोड़ दिया।

'युटिलिटेरियन सोसाइटी' को खामोशी के साथ दफनाने के बाद मिल एक के बाद एक कई अन्य बौद्धिक संस्थाओं का भी सदस्य बना। एक थी 'स्पेकुलेटिंग डिबेटिंग सोसाइटी' और दूसरी थी 'पोलिटिकल इकॉनॉमी क्लब'। इन संस्थाओं में होने वाले वाद-विवादों में मिल बहुत उत्साह से भाग लेता था। इस वैचारिक संवाद की सक्रियता ने मिल को एक दार्शनिक एवं एक अर्थशास्त्री के रूप में तराशा।

सत्रह वर्ष की आयु में मिल ने अपने पिता के अधीन 'ईस्ट इंडिया कम्पनी' के परीक्षा विभाग में एक क्लर्क के रूप में कार्य करना आरम्भ किया। उसके पिता मानते थे कि जिन्दगी में कार्य सीखने का सिलसिला पहले पायदान से ही आरम्भ होता है। जॉन यही कार्य करते-करते एक दिन परीक्षा विभाग के शिखर तक पहुंच गया। उन दिनों 'ईस्ट इंडिया कम्पनी' में कार्य करना बड़ी प्रतिष्ठा का विषय माना जाता था। कम्पनी दोनों हाथों से भारत को लूट रही थी और अपने कर्मचारियों को अच्छा वेतन दे रही थी। कम्पनी के सभी कारकून, मिल जैसे विद्वान सहित, इस स्वप्नलोक में जी रहे थे कि कम्पनी भारत का आर्थिक विकास कर रही

है और असभ्य लोगों को सभ्य बना रही है, परन्तु सन् 1857 के स्वतंत्रता संग्राम ने उनके सपने उखाड़ दिए और कम्पनी के भाग्य पर ताला लगा दिया। जब कम्पनी बंद हो गई तो मिल भी सड़क पर आ गया।

लेकिन मिल घबराया नहीं। उसने नौकरियों के लिए दर-दर भटकना उचित नहीं समझा। उसने एक स्वतंत्र लेखक का जीवन आरम्भ किया। यह एक सरल कार्य नहीं था, क्योंकि आजीविका चलाने के लिए व्यक्ति को धड़ाधड़ लिखना होता है, जबकि धड़ाधड़ लिखे गए लेख बहुत उम्दा या गम्भीर चिन्तन पर आधारित नहीं होते। हां, इस दौर में मिल ने कभी सम्मान समारोहों और प्रशस्ति पत्रों का मोह नहीं पाला। वह तो अध्ययन करता रहा और लिखता रहा। धन की भी उसने चिन्ता नहीं की।

अध्ययन के अतिरिक्त मिल का प्रिय शौक था घूमना। वह हर रविवार को घूमने निकल जाता। फ्रांस तो वह घूम ही चुका था। कभी वह इटली, कभी जर्मनी, कभी बेलजियम, कभी स्विट्ज़रलेंड चला जाता। पर्यटन से उसे जिन्दगी को नजदीक से देखने का मौका मिलता और उसके विचारों में एक ताजगी आती।

इन दिनों मिल बड़ा उत्साही था। बैन्थम के सामीप्य के कारण वह अपने-आप को एक समाज सुधारक समझता था। सारे समाज को बदलना चाहता था। कानूनों के स्वरूप और क्रियान्वयन में बदलाव चाहता था।

बेचारा मिल, वह समझता था कि वह शेषनाग है। धरती उसी के फन पर टिकी हुई है ! उसके लेखों से दुनिया तो बदली नहीं, परन्तु अपने कंधों पर सारे संसार का और विशेष तौर से समूचे इंगलेंड का बोझ होने के कारण उसके कंधे दुखने लगे। उसका दिमाग थकने लगा। शरीर जवाब देने लगा। उसका कोई आत्मीय जन तो था नहीं। उसकी कोई प्रेयसी तो थी नहीं, जिससे वह प्रेम के दो मीठे बोल बोल लेता तो हल्का हो जाता। उसके पिता का स्वर्गवास हो चुका था। अब उसका कोई मित्र, कोई मार्गदर्शक नहीं रहा था, इसलिए भरे संसार में एकाकी मिल, चिन्तन एवं मनन की गहराइयों में डूबने वाला निपट अकेला मिल, नीरस और शुष्क जीवन जीने वाला विद्वान् मिल मानसिक तनाव का शिकार हो गया। वह मानसिक रूप से बीमार हो गया और एक दिन नर्वस ब्रेकडाउन

का शिकार हो गया। मिल ने अपनी आत्मकथा में लिखा है :

> सन् 1821 की सर्दियों से, जब मैं पहले-पहल बैन्थम को मिला था, खासतौर से जब से वेस्ट मिन्स्टर रिव्यू शुरू हुआ था, मेरे जीवन का सच एक उद्देश्य था। मैं संसार का सुधारक बनना चाहता था। मेरे जीवन के सुख की कल्पना इसी उद्देश्य के साथ एकाकार हो जाना थी। मेरे जीवन की खुशियां जिन्दगी के सफर में साथियों के लिए ही थीं। रास्ते में जो फूल मिले मैं उन्हें संजो अवश्या लेना चाहता था, परन्तु मेरा व्यक्तिगत स्थायी सन्तोष मेरे उद्देश्य को ही समर्पित था।...फिर वह समय आया, जब मैं अपने सपने से जागा। यह 1826 के वसंत की बात है। मेरी मानसिक अवस्था बहुत सुस्त हो गई, जैसी सभी की कभी-कभी हो जाती है। आमोद, सुख या उत्तेजना का असर ही नहीं होता। इस मानसिक अवस्था में मुझे लगा कि मैं अपने-आप से सीधे-सीधे एक सवाल करूं, 'मान लो तुम्हारे जीवन के सारे उद्देश्य पूरे हो जाएं, संस्थाओं और स्थितियों में वे तमाम परिवर्तन जो तुम चाहते हो वास्तव में पूरे हो जाएं, तो क्या यह तुम्हारे लिए बहुत आनन्द का विषय होगा ?' और तब मेरे भीतर से साफ-साफ आवाज आई, 'नहीं'। मेरे ह्रदय भीतर-ही-भीतर डूबने लगा। जिस नींव पर मेरे जीवन का भवन टिका हुआ था, वह भरभरा-कर गिर गया।
>
> मैं अपनी तमाम खुशियां इसी उद्देश्य की प्राप्ति में ढूंढ़ रहा था। इस उद्देश्य का आकर्षण समाप्त हो गया, तो फिर इसके साधनों में ही क्या रुचि हो सकती थी ! मुझे लगता, अब मैं किस के लिए जीऊं!... यदि मैंने किसी से गहराई से प्यार किया होता, तो उसे मैंने अपने दुख सुना दिए होते, तब मैं इस स्थिति में न होता, जिसमें मैं अब था। मैंने सहायता के लिए इधर-उधर देखा। मेरे दोस्तों में ऐसा एक भी नहीं था, जिससे मैं मदद मांगता और जो मेरी मदद करता, जिसे मैं अपनी बात समझा सकता।
>
> इस तरह मैं, अपनी समुद्री यात्रा के बीच घिर गया था,

> रुक गया था। उस अच्छी नाव की तरह, जिसमें सब कुछ तो था, परन्तु पतवार नहीं थी। उन लक्ष्यों के प्रति मेरे मन में कोई इच्छा नहीं रह गई, जिनके लिए मैं निर्मित किया गया था। न तो सद्गुण में कोई खुशी रही, न ही सबकी खुशी में सुख, न ही किसी और चीज में। मेरे भीतर के गर्व और महत्त्वाकांक्षा के फव्वारे सूख गए, उसी तरह जनकल्याण के फव्वारे सूख गए थे।

मज़ा यह है कि पुस्तके पढ़कर मिल गहन मानसिक तनाव और निराशा के गहरे सागर में डब गया था, लेकिन संत्रास के महासागर से भी उसे बाहर एक पुस्तक ने ही निकाला। संयोग से उसके हाथ एक फ्रांसीसी उपन्यासकार एवं नाटककार ज्यां फ्रांक्वा मारमोन्तेल की पुस्तक 'संस्मरण' लग गई। उस पुस्तक में एक अंश था : एक युवक का पिता मर जाता है। युवक घबरा जाता है। वह रोता रहता है, फिर एक दिन उसे एहसास होता है, वह अब वयस्क है, अपने परिवार की सारी जिम्मेदारियां वह स्वयं उठाएगा, सारे घर की परवरिश वह स्वयं करेगा।" मिल ने भीगी पलकों से पुस्तक के अंश पढ़े। उसके जीवन में एक नई स्फूर्ति का संचार होने लगा। उसकी शिराओं में थमा हुआ खून फिर दौड़ने लगा। निराशा के बादल फिर छंटने लगे। जिन्दगी की छोटी-छोटी खुशियां फिर लौट आईं। उसके पिता ने उसे ललित साहित्य पढ़ने से विरक्त किया हुआ था। उसे ललित साहित्य में मज़ा आने लगा। उसके जीवन का दर्शन बदल गया।

मिल को अब कार्लाइल का 'स्वचेतना विरोधी सिद्धान्त' सही लगने लगा। सुख के पीछे भागने से सुख नहीं मिलता। अपने-आप को भूलकर, सुख प्राप्ति का विचार किए बिना किसी उम्दा काम में तन्मय हो जाने से सुख मिलता है। इस दर्शन की नींव तो मिल की प्रथम फ्रांस यात्रा के दौरान ही पड़ चुकी थी। अब इसी अवधारणा ने एक भव्य भवन का आकार ले लिया। मिल का सम्पूर्ण चिन्तन उपयोगितावादी था, परन्तु अब उसके उपयोगितावाद ने बैन्थम के विपरीत पूरी तरह, नए अर्थ ही ले लिए।

मानसिक संत्रास के वे दिन मिल को एक नया सबक सिखा गए। मनुष्य का भौतिक सुख, भौतिक उपलब्धियां, भौतिक व्यवस्थाएं ही सब कुछ नहीं होते। मनुष्य के भीतर एक मन होता है, उसका तरंगित होना, उसका आत्मविभोर होना भी बहुत आवश्यक होता है। इसलिए जीवन के बाहरी और भीतरी पक्षों के बीच एक सन्तुलन होना ही सच्चा जीवन है। भौतिक एवं आत्मिक सुखों के समन्वय का नाम ही असली मुख है। जीवन दर्शन के प्रति इस नई खोज से मिल आत्मविभोर था। उसे लगा तन-मन से एक सार्थक एवं सुखी जीवन जीना, यही जीवन का सच्चा दर्शन है, यही जीवन का सच्चा उद्देश्य होना चाहिए।

इस बीच एक शुभ काम हुआ था। मिल का परिचय श्री एवं श्रीमती टेलर से हुआ था। टेलर एक सम्पन्न एवं संभ्रांत व्यक्ति था। अधिकांश सम्पन्न व्यक्तियों की तरह वह बहिर्मुखी जीवन जीता था। दावतें, पार्टियों, बिजनेस की बातें, सुन्दर स्त्रियों की चर्चा। उसके विपरीत उसकी पत्नी श्रीमती टेलर सुन्दर भी थी और विदुषी भी। वह प्रायः साहित्य की, समाज की, संस्कृति की, दर्शन की, महिलाओं की स्थिति की चर्चा किया करती थी। टेलर साहब तो बोर होकर उठ जाया करते श्रीमती हैंरियट टेलर और जॉन स्टूअर्ट मिल आपस में बतियाया करते। मिल मन-ही-मन हैरियट टेलर का प्रशंसक और मित्र बन गया। दोनों की दोस्ती बीस वर्ष तक चलती रही। वे प्राय: मिलते और अनेक सामाजिक विषयों पर घंटों बातचीत किया करते।

टेलर महोदय का स्वर्गवास हो जाने के बाद जान स्टुअर्ट मिल ने श्रीमती हैरियट टेलर से विवाह कर लिया।

श्रीमती टेलर के बारे में कहा तो यह जाता है कि वह मिल से आठ वर्ष बड़ी थीं, परन्तु स्वयं मिल ने अपनी आत्मकथा में लिखा है कि जब उनकी पहली मुलाकात हुई वह पच्चीस वर्ष का था और हैरियट तेईस वर्ष की, तो भी, जब उनका विवाह बीस वर्ष बाद हुआ, तो हैरियट के तीन बच्चे थे। इस विवाह को न तो श्रीमती टेलर के बच्चों ने पसंद किया और न ही मिल के रिश्तेदारों ने। मिल की आत्मकथा की मूल पांडुलिपि में एक स्थान पर लिखा है कि 'टेलर सज्जन थे, निडर थे, ईमानदार थे और

उदार विचारों के थे, परन्तु वह न तो विद्वान् थे, न कलात्मक रुचि के थे।' इसी स्थान पर श्रीमती टेलर की पुत्री ने अपने हाथ से हाशिए पर लिखा था, 'झूठ है।'

श्रीमती टेलर का मिल के विचारों पर बहुत प्रभाव पड़ा। वह महिलाओं की पीड़ा को समभने लगा। उनके उत्थान की बातें करने लगा। वह श्रमिकों के दर्द को समझने लगा और समाजवादियों की भाषा बोलने लगा। उसका व्यक्तिवाद परिष्कृत होने लगा। उदारवाद उदात्त होने लगा। मिल ने आत्मकथा में लिखा है कि श्रीमती टेलर से मिलने से पूर्व वह केवल लोकतांत्रिक थे, उसके बाद वे समाजवादी हो गए।

यह श्रीमती टेलर का ही प्रभाव था कि मिल ने 'द सबजेक्शन ऑफ़ विमैन' पुस्तक लिखी। इस पुस्तक में उसने बहुत आवेग के साथ महिलाओं और पुरुषों की समानता का प्रतिपादन किया। उसने कहा, 'किसी जमाने में लोग दास प्रथा को भी प्राकृतिक मानते थे, आज भी अमेरिका में दास प्रथा जैसी अमानवीय व्यवस्था को प्राकृतिक एवं उचित माना जाता है। जिस प्रकार दास प्रथा अप्राकृतिक, अमानवीय और अनुचित है, उसी प्रकार स्त्री पर पुरुष का स्वामित्व और आधिपत्य ग़लत है।'

मिल ने लिखा :

> वे सिद्धान्त जो इन दो सेक्सों के बीच सम्बन्धों का निर्धारण करते हैं, गलत हैं। वे सिद्धान्त हैं एक सेक्स द्वारा दूसरे सेक्स की अधीनता। यह सिद्धान्त गलत तो है ही, मानव विकास के मार्ग में बहुत बड़ी बाधा भी है। इस सिद्धान्त को एक नए परिपूर्ण समानता के सिद्धान्त द्वारा बदला जाना चाहिए, जिसमें किसी एक पक्ष को कोई विशेषाधिकार प्राप्तन हो तथा किसी दूसरे पक्ष को कोई अक्षमता प्राप्त न हो।

मिल को एक विद्वान् के रूप में पर्याप्त यश मिलने लगा था। ब्रिटेन में सजाई जाने वाली विद्वानों की महफिलें उसके बिना अधूरी मानी जातीं। उसे सेमिनारों में विचार व्यक्त करने, महाविद्यालयों और विश्वविद्यालयों में भाषण देने के लिए बुलाया जाता। यह सवर्था उपयुक्त ही

था कि राजनीतिक दल उसकी लोकप्रियता का लाभ उठाने की कोशिश करते। मिल को सन् 1866 में वेस्टमिन्स्टर क्षेत्र से कॉमन्स सभा का चुनाव लड़ाया गया। वह जीत भी गया। दो वर्ष तक वह सांसद रहा। उसने संसद् में महिलाओं को मत देने के अधिकार की वकालत की। उसने आग्रह किया कि देश की सम्पदा का सभी लोगों में न्यायपूर्ण वितरण किया जाए। उसने श्रमिकों को अधिक सुविधाएं प्रदान करने की अपील की।

डेविडसन के अनुसार :

> उसके संसदीय वक्तव्यों में भी उसकी कृतियों के समान सशक्त मानसिक दृढ़ता व्यक्त होती थी। उन वक्ततव्यों में भी उसके तर्कप्रधान, विवेकपूर्ण विचार एवं उनसे सम्बन्धित उदाहरण पारदर्शी ईमानदारी के साथ व्यक्त हुए थे। उसके इन वकतव्यों का काफी प्रभाव पड़ा था। सदस्य उसकी बातों को आदर के साथ और ध्यानपूर्वक सुनते थे। उसके विरोधी विचार वाले भी उसमें रुचि लेते थे।

जॉन स्टुअर्ट मिल के बारे में प्रधान मंत्री ग्लैडस्टन ने कहा था :

> जॉन मिल जब वक्तव्य दे रहे थे, तो मेरे मन में बार-बार यह भावना जाग्रत् हो रही थी, जैसे मैं किसी संत की बात सुन रहा हूं।

लेकिन मिल एक राजनीतिक विचारक था, राजनीतिज्ञ नहीं। वह अपने चुनाव क्षेत्र के दादाओं का जमघट अपने घर पर नहीं जमाया करता था। वह निहित स्वार्थों से दूर रहता था। लोगों के उलट-सुलट कामों में सहयोग नहीं देता था। ऐसा व्यक्ति गलती से एक बार ही चुनाव जीत सकता था, दूसरी बार नहीं। वह दूसरी बार चुनाव लड़ा और हार गया। पार्टी को मिल से छुटकारा मिला और मिल को सक्रिय राजनीति से मुक्ति मिल गई। दोनों फायदे में रहे।

विद्वानों की दुनिया में मिल का नाम एक राजनेता के रूप में नहीं जाना जाता था। वह तो एक लेखक, विद्वान् और विचारक के रूप में विख्यात था। सड़सठ वर्ष की आयु में फ्रांस में उसका देहांत हो गया। अपनी मृत्यु से पूर्व मिल अपनी धरोहर के रूप में अनेक पुस्तकें छोड़

गया।

मिल के जीवन की कहानी अध्ययन, चिन्तन और लेखन की कहानी है। सन् 1834 से सन् 1840 तक वह लन्दन रिव्यू का सम्पादक रहा। इस पत्रिका का नाम बाद में लन्दन एण्ड वेस्टमिन्स्टर रिव्यू कर दिया गया। मिल ने इस पत्रिका के सम्पादन में अपनी विद्वत्ता एवं लेखन प्रतिभा का परिचय दिया। उसने अनेक महत्त्वपूर्ण लेख लिखे, जिसके कारण एक तर्कशील विद्वान् के रूप में उसे बहुत ख्याति मिली।

सन् 1843 में उसकी पुस्तक 'सिस्टम ऑफ लॉजिक' प्रकाशित हुई। चिन्तन के संसार में इसे एक उल्लेखनीय घटना माना गया। मिल ने इस पुस्तक में तर्क विज्ञान के अनेक बिखरे हुए तथ्यों को तो एकत्रित एवं संकलित किया ही, उसने तर्कशास्त्र को एक नई आगमनात्मक पद्धति भी प्रदान की।

डेविडसन के शब्दो में :

> इस पुस्तक में जिस वाद-विवाद के आधार पर मिल ने अपने व्यापक ज्ञान का परिचय दिया और जिस प्रकार उसने पाठकों के चिन्तन को झकझोरकर सर्वथा नए बौद्धिक दृष्टिकोण को प्रतिपादित किया, वह सराहनीय है। तर्कशास्त्र पर आधारित ऐसी कृतियां बहुत कम हैं।

सन् 1848 में मिल की एक अन्य पुस्तक 'द प्रिन्सिपल्स ऑफ पोलिटिकल इकानॉमी' का प्रकाशन हुआ। इसके प्रथम संस्करण का झुकाव तो स्पष्टत: पूंजीवाद की ओर था। बाद के संस्करणों में इसकी धारा समाजवादी होती गई। मुख्य रूप से इसी पुस्तक के कारण जॉन स्टूअर्ट मिल को उदारवाद का सशक्त प्रवक्ता माना जाता है। पुस्तक की पर्याप्त प्रशंसा भी हुई और आलोचना भी। बारकर ने तो लिखा है कि इंगलैंड में फैबियनवाद यानी लोकतांत्रिक समाजवाद का जो आन्दोलन चला, उसका प्रणेता मार्क्स नहीं, मिल है।

मिल की सर्वाधिक चर्चित और सर्वाधिक प्रशंसित पुस्तक 'ऑन लिबर्टी' सन् 1859 में प्रकाशित हुई। पहले यह पुस्तक लेखमाला के रूप में प्रकाशित होती रही, परन्तु सन् 1859 में इसे पुस्तक का रूप दिया

गया। इस पुस्तक में मिल ने स्वतंत्रता-सम्बन्धी विचारों का अत्यन्त सशक्त प्रतिपादन किया। मिल को उसकी 'स्वतंत्रता' ने अमर बना दिया। यद्यपि पुस्तक की खूब आलोचना भी हुई और यह भी कहा गया कि मिल निषेधात्मक स्वतंत्रता का मसीहा है, तथापि पुस्तक में विचार और अभि-व्यक्ति की स्वतंत्रता का इतना सुन्दर, सशक्त और प्रभावी प्रतिपादन किया गया था कि उसकी तुलना मिल्टन की 'एरोपैगिटिका' से की गई थी।

सन् 1860 में मिल की पुस्तक 'युटिलिटेरियनिज्म' प्रकाशित हुई। मिल के बारे में उसके पिता ने बैन्थम के सामने यह भविष्यवाणी की थी कि मेरा बेटा आपके विचारों को आगे बढ़ाएगा। यह भविष्यवाणी आंशिक रूप से सफल हुई। मिल ने बैन्थम के विचारों को आगे बढ़ाया अवश्य, परन्तु अपनी ही शैली में, अपनी ही तर्ज़ पर, नए रूप में, नई व्याख्या के साथ। मिल की 'युटिलिटेरियनिज्म' बैन्थम के उपयोगितावाद की नई व्याख्या अवश्य थी, परन्तु इससे असली उपयोगितावाद ने अपने-आप दम तोड़ दिया।

इन्हीं दिनों मिल पर डिप्रेशन का दौर आया था। वह उसमें डूबा भी और उसके बाहर भी निकला, फिर भी वह पढ़ता रहा और लिखता रहा। यह उसका शौक भी था और मजबूरी भी। सन् 1863 में उसकी पुस्तक 'रिप्रजेण्टेटिव गवर्नमेण्ट' प्रकाशित हुई। इसमें लोकतंत्र की कमजोरियों और उन्हें दूर करने के उपायों का वर्णन था। मिल मानता था कि वह एक समाज सुधारक है, इसीलिए वह समझता था कि शासन व्यवस्था को सुधारना उसका दायित्व है। इसी दायित्व को ध्यान में रखकर मिल ने यह पुस्तक लिखी थी।

इसके बाद मिल की कुछ कम उल्लेखनीय पुस्तकें भी प्रकाशित हुईं जेसे सन् 1865 में 'एक्जामिनेशन ऑफ सर विलियम हैमिल्टन्स फिलॉसफी' या सन् 1867 में छपी 'इनॉग्रल एड्रेस'। परन्तु सन् 1869 में छपी मिल की पुस्तक 'द सबजेक्शन ऑफ विमैन' एक बार फिर चर्चा का विषय बन गई। इस पुस्तक में महिलाओं के उत्थान का बहुत जोरदार प्रतिपादन किया गया था। इस पुस्तक पर मिल की पत्नी श्रीमती हैरियट टेलर मिल का प्रभाव बहुत स्पष्ट रूप से दिखाई देता है। मिल की इस

बहुचर्चित एवं बहुविवादित पुस्तक ने फ्रांसीसी विदुषी सीमोन द बुआ को बहुत अधिक प्रेरणा दी थी।

मिल की मृत्यु के पश्चात् उसकी पांडुलिपियों को संकलित कर कई पुस्तकें प्रकाशित की गईं। इनमें सर्वाधिक प्रमुख है, मिल की आत्मकथा, जो सन् 1873 में प्रकाशित हुई। यह पुस्तक भी बहुत पढ़ी गई। उस जमाने में मिल और श्रीमती टेलर के सम्बन्धों को लेकर ब्रिटेन का अफवाह बाजार बहुत गर्म रहता था। इस तृष्णा को शांत करने में पुस्तक ने थोड़ी मदद अवश्य की, परन्तु पुस्तक में घटनाओं का कम और मिल के मानसिक 'विकास का विश्लेषण अधिक था। मिल की आत्मकथा उसके जीवन की कहानी के बजाय, उसके चिन्तन की कहानी बन गई।

इसके बाद एक और पुस्तक छपी, जो पढ़ी तो बहुत गई, परन्तु जिसकी प्रशंसा कम और आलोचना अधिक हुई। पुस्तक थी 'थ्री एस्सेज़ ऑन रिलीजन'। यह पुस्तक सन् 1874 में छपी थी। इसमें मिल ने इसाई धर्म की रूढ़िवादिता पर खासे प्रहार किए थे। उसने लिखा था, 'ईशु मरियम का महान् पुत्र अवश्य था, परन्तु वह ईश्वर का पुत्र नहीं था। 'अच्छा हुआ, पुस्तक प्रकाशित होने से पूर्व मिल मर चुका था। वरना रूढ़िवादी पादरी ही उसे मरवा डालते। शायद इसीलिए उसने इन विचारों को उनके तीखे- पन के कारण अपने जीते जी प्रकाश में लाना उचित नहीं समझा। एक संगठन के रूप में, एक संस्था के रूप में उसने चर्च को मानव स्वतंत्रता का विरोधी कहा। उसने कहा कि 'मानव धर्म' ही सच्चा धर्म है और वही विश्व का, आने वाले युग का धर्म है। इन विचारों की, जैसा कि होना चाहिए था, जमकर धुलाई हुई।

अपनी 'आत्मकथा 'में मिल ने लिखा है :

> निस्सन्देह, मेरा यह विश्वास कभी विचलित नहीं हुआ कि सुख ही आचार-व्यवहार के सभी नियमों का मानदंड है तथा जीवन का ध्येय है, किन्तु अब मैं सोचता था कि इस ध्येय की प्राप्ति तभी हो सकती है, जब कि इसे सीधा ध्येय न बनाया जाए। मैं सोचता था कि वही लोग सुखी हैं, जिन्होंने अपने सुख को नहीं, बल्कि किसी अन्य वस्तु को अपने जीवन का ध्येय बनाया है, जैसे

दूसरों के सुख को, मानव जाति के कल्याण को, किसी कार्य अथवा हेतु को, जिसे वे साधन नहीं, अपने-आप में आदर्श ध्येय मानते थे।

जहां तक मिल का सम्बन्ध है, उसे अध्ययन, चिन्तन, मनन और लेखन में सुख मिलता था। उसके जीवन की कहानी इसी सुख को समर्पित थी और निश्चय ही यह एक सात्त्विक सुख था।

उपयोगितावाद

जॉन स्टूअर्ट मिल ने राजनीति दर्शन की शिक्षा जैरिमी बैन्थम से ही पाई थीं। बैन्थम जॉन के पिता जेम्स मिल का मित्र भी था और गुरु भी। जब जॉन दो वर्ष का था, तब पहली बार उसने बैन्थम के दशन किए थे। उस समय जेम्स ने अपने बालक का बैन्थम से परिचय कराते हुए कहा था, 'यह बालक बड़ा होकर आपकी विचारधारा को आगे बढ़ाएगा।' यह भविष्यवाणी सच भी निकली और झूठ भी, कैसी विचित्र बात है यह !

बैन्थम उपयोगितावादी विचारधारा का प्रतिपादक था। उसका उपयोगितावाद ब्रिटेन में सुधारवादी आन्दोलन की दार्शनिक आधारशिला थी। इस विचारधारा ने न केवल अनेक विद्वानों को प्रभावित किया था, बल्कि अनेक राजनेताओं को भी सुधारों के लिए प्रेरित किया था। इसीलिए जे० एस० मिल ने कहा था :

> मुझे उपयोगितावाद में एक धर्म, एक दर्शन, एक विश्वास मिला है।

युवावस्था में ही मिल उपयोगितावाद से अभिभूत था, इसीलिए उसने एक संस्था बना ली थी और उसका नाम रखा था 'युटिलिटेरियन सोसायटी'। इस संस्था की बैठकें बैन्थम के घर पर ही हुआ करती थीं। मिल और उसके सात-आठ बुद्धिजीवी दोस्त यों तो इस संस्था में संसार की हर समस्या पर गम्भीरता से विचार करते थे, परन्तु उनकी प्रेरणा का स्रोत तो उपयोगितावादी विचारधारा ही थी।

हां, मिल अंधभक्त नहीं था। उसके पिता ने बचपन में ही उसे

सिखाया था कि 'चीज़ों को रटो मत, समझो। विचारों को समझो, उनका विवेचन करो, उनका विश्लेषण करो। विवेक के आधार पर निर्णय करो कि कोई विचार सही है या गलत। कोई विचार, चाहे वह किसी का भी हो, यदि वह गलत हो, तो उसका समर्थन मत करो।' वह बातें मिल के मस्तिष्क में बैठ गई थीं, इसीलिए वह अंधभक्त नहीं था, न अपने पिता का और न ही अपने गुरु बैन्थम का। मिल ने देखा था कि बैन्थम के उपयोगितावाद पर चारों ओर से प्रहार हो रहे थे। कार्लाइल ने तो इसे 'शूकर दर्शन' कहा था। आलोचकों का कहना था कि बैन्थम आदमी को जितना पतित, स्वार्थी और विशुद्ध उपयोगितावादी मानता है, वह उतना हैं नहीं। इन आलोचनाओं को जॉन स्टूअर्ट मिल अनदेखा नहीं कर सकता था। मिल ने अपनी पहली फ्रांस यात्रा के दौरान और बाद में अपने मानसिक संत्रास के चलते यह भी पाया था कि सुख के पीछे पागलों की तरह भागने से सुख नहीं मिलता। सुख मिलता है, सुख को भूलकर किसी शुभ काम में तल्लीन हो जाने से। इन नई अनुभूतियों के प्रकाश में वह बैन्थम के उपयोगितावाद को ज्यों का त्यों स्वीकार नहीं कर सकता था, इसीलिए मिल ने लिखा :

मैं वह पीटर हूं, जिसने अपने गुरु को अस्वीकार किया है।

यह मिल की त्रासदी है कि उसके मन और मस्तिष्क में हमेशा एक द्वन्द्व चलता रहा। उसका मस्तिष्क उपयोगितावाद के विरुद्ध था और मन उपयोगितावाद के पक्ष में। इस द्वन्द्व में किसी एक के आगे समपर्ण करने के स्थान पर वह उन दोनों के बीच पुल बनाने का प्रयास करता रहा। वह दिल से उपयोगितावाद के विरुद्ध हुई आलोचनाओं से उसकी रक्षा करना चाहता था, परन्तु दिमाग से उपयोगितावाद की कमजोरियों को पहचानता भी था। इस द्वन्द्व में उसने एक रास्ता निकला। उपयोगितावाद की पुनर्व्याख्या की जाए। उसकी खामियां निकालकर उस पर नया आवरण चढ़ाकर उसे एक बार फिर ब्रिटेन की जनता के सम्मुख प्रस्तुत किया जाए और इस शुभ काम के लिए उसने पुस्तक लिखी 'युटिलिटेरियनिज्म'। पुस्तक ज़्यादा बड़ी नहीं है। यदि पुस्तक में छाए विरोधाभासों को नज़र-अंदाज़ कर दिया जाए, तो कहा जा सकता है कि पुस्तक बहुत चुस्त है

और कहीं-कहीं मिल के तर्क बहुत सशक्त हैं। भाषा में लालित्य है और शैली में प्रवाह।

लेकिन ठहरिए ! मिल द्वारा बैन्थम के उपयोगितावाद की पुनर्व्याख्या जानने से पूर्व एक नजर बैन्थम के उपयोगितावाद पर भी डाल ली जाए। बैन्थम ने अपनी प्रसिद्ध पुस्तक 'प्रिन्सिपल्स ऑफ़ मॉरल्स एण्ड लेजिस्लेशन' में उपयोगितावाद का प्रतिपादन किया था। बैन्थम ने लिखा था :

> प्रकृति ने मनुष्य को सुख और दुख दो स्वामियों के अधीन रखा है। यह बताना कि हमें क्या करता चाहिए और यह निर्धारित करना कि हम क्या करेंगे, केवल उन्हीं का काम है। अपने समस्त विचारों के लिए हम उन्हीं के ऋणी हैं। हमारे तथा जीवन के समस्त निश्चय एवं निर्णय उन्हीं के द्वारा निर्धारित होते हैं।

दूसरे शब्दों में, बैन्थम यह मानता है कि प्रत्येक मनुष्य के दो स्वामी हैं, सुख और दुख। व्यक्ति के सभी काम, सभी निर्णय इन्हीं स्वामियों के निर्देश द्वारा निर्धारित होते हैं। प्रत्येक मनुष्य जीवन में सुख चाहता है और वह दुख से दूर भागता है। व्यक्ति सभी कार्य या तो सुख प्राप्ति के लिए करता है या दुख से बचने के लिए करता है। अर्थात् प्रत्येक व्यक्ति सुखवादी है। इस तरह, प्रत्येक व्यक्ति उपयोगितावादी है। उपयोगिता- वादी विचारधारा प्रत्येक व्यक्ति को उपयोगितावादी मानती है।

अपने सिद्धान्त की व्याख्या करते हुए बैन्थम ने लिखा:

> उपयोगितावाद का सिद्धान्त इस बात में निहित है कि हम अपनी तर्क की प्रक्रिया में सुख और दुख के तुलनात्मक अनुमान को अपना आरम्भ बिन्दु मानकर चलते हैं। जब मैं अपने किसी कार्य की अच्छाई या बुराई का निर्णय इस बात से करता हूं कि उसकी प्रवृति सुख की है या दुख की, तो मैं उपयोगितावादी सिद्धान्त का ही अनुसरण करता हूं। इस सिद्धान्त का अनुयायी किसी कार्य-विशेष को केवल इसलिए अच्छा समझता है, क्योंकि उसका फल सुख की वृद्धि करता है और इसी भांति वह किसी कार्य-विशेष को बुरा भी इसलिए समझता है, क्योंकि उसका

परिणाम दुख होता है।

सवाल उठता है कि अगर किसी काम को करने में किसी व्यक्ति को सुख भी मिले और दुख भी, तो क्या वह कार्य करेगा ? बैन्थम का उत्तर था:

> वह व्यक्ति देखेगा कि उस काम से प्राप्त होने वाले सुख की मात्रा अधिक है या दुख की। यदि सुख की मात्रा अधिक होगी तो व्यक्ति वह कार्य करेगा और यदि दुख की मात्रा अधिक होगी, तो वह काम नहीं करेगा।

यदि गहराई में उतरें, तो हम पाएंगे कि इस विचारधारा की जड़ें प्राचीन यूनान के विचारक एपीक्यूरस तक गई हैं। आधुनिक युग में बैन्थम से पूर्व कई अन्य विचारकों ने भी इस सुखवादी दर्शन का प्रतिपादन किया था। डेविड ह्यू म ने अपनी पुस्तक 'ऐस्से ऑन गवर्नमेण्ट' में कुछ इसी तरह के विचार व्यक्त किए थे, परन्तु बैन्थम सर्वाधिक प्रभावित हुआ था, प्रीस्टले की पुस्तक 'ऐस्से ऑन गवर्नमेण्ट' से। इस पुस्तक का एक वाक्य पढ़कर तो बैन्थम उछल ही पड़ा था। वाक्य था :

> अधिकतम व्यक्तियों का अधिकतम सुख।

बेन्थम ने कहा कि यह वाक्य पढ़कर मैं उसी तरह खुशी से उछल पड़ा था, जिस तरह आर्कमिडीज़ नहाने के लिए पानी के टब में, पानी बाहर गिरते देखकर खुशी से चिल्लाया था, 'यूरेका'।

'अधिकतम व्यक्तियों का अधिकतम सुख' ही बैन्थम की विचारधारा और उसके समस्त सुधारवादी आन्दोलन का मूलमंत्र बन गया। बैन्थम ने कहा कि शासन को चाहिए कि वह ऐसे कानून बनाए, जिससे 'अधिकतम व्यक्तियों को अधिकतम सुख' मिले। सिद्धान्ततः शासन को सब व्यक्तियों को अधिकम सुख प्रदान करना चाहिए, पर क्योंकि शासन की भी अपनी सीमाएं होती हैं, इसलिए सभी व्यक्तियों को अधिकतम सुख प्रदान करना व्यावहारिक रूप से सम्भव नहीं है। अतः, 'अधिकतम व्यक्तियों का अधिकतम सुख' ही शासन का यथार्थवादी उद्देश्य हो सकता है।

अब एक और समस्या उत्पन्न होती है। वह यह कि 'अधिकतम व्यक्तियों का अधिकतम सुख' जाना कैसे जाए ? इसके बारे में बैन्थम ने कहा कि एक 'सुखमापक यंत्र' द्वारा 'अधिकतम व्यक्तियों का अधिकतम

सुख' नापा जा सकता है, लेकिन इस सुखमापक यंत्र का वर्णन करने से पूर्व बैन्थम यह भी कहता है कि सुख और दुख में मात्रात्मक अन्तर होता है, कोई गुणात्मक अन्तर नहीं होता। ऐसा नहीं होता कि कोई सुख बहुत ऊंचे किस्म का हो और कोई अन्य बहुत घटिया किस्म का। सब सुख गुणात्मक रूप से समान होते हैं और सभी दुख भी गुणात्मक रूप से समान होते हैं। अन्तर केवल मात्रात्मक होता है। इसीलिए बैन्थम ने कहा :

> सुखों के गुण समान होने से कविता भी उतनी अच्छी है, जितना कि पुषपिन का खेल।

इसलिए बैन्थम के अनुसार सुख और दुख, सरलता से नापे जा सकते हैं और 'अधिकतम व्यक्तियों का अधिकतम सुख' जाना जा सकता है। यहां यह उल्लेख करना प्रासंगिक होगा कि 'बैन्थम द्वारा सुख-दुख नापने एवं अधिकतम व्यक्तियों के अधिकतम सुख को जानने की अवधारणा में सरलता से आधुनिक राजनीति विज्ञान एवं व्यवहारवाद के अंकुर देखे जा सकते हैं। व्यवहारवादियों की तरह सुखमापक यत्र के द्वारा बैन्थम ने राजनीति विज्ञान को गणितीय एवं वैज्ञानिक रूप प्रदान किया।

बैन्थम के सुखमापक यंत्र में सात बातें हैं। ये सात बातें हैं :

(1) तीव्रता, (2) निश्चिचतता, (3) अवधि
(4) निकटता, (5) गुणात्मकता, (6) शुद्धता
(7) विस्तार।

इन सात बातों के आधार पर यह जाना जा सकता है कि किसी कार्य से एक व्यक्ति को कितना सुख मिलता है और कितना दुख। सब व्यक्तियों का सुख जोड़ लिया जाए और सब व्यक्तियों का दुख जोड़ लिया जाए। यदि सुख का कुल जोड़, दुख के कुल जोड़ की मात्रा से अधिक हो, तो वह 'अधिकतम व्यक्तियों का अधिकतम सुख' हुआ। इसी के आधार पर शासन को कानून बनाना चाहिए।

बस, बैन्थम के उपयोगितावाद के बारे में केवल एक बात और ; बैन्थम ने इस बात पर विचार किया कि सुख और दुख की अनुभूति का आधार क्या है ? बैन्थम ने कहा :

> सुख और दुख के चार आधार हैं: (1) शारीरिक या

भौतिक, (2) नैतिक यानी लोकप्रिय, (3) धार्मिक, (4) राज-नीतिक अथवा कानूनी।

यही वे तत्त्व हैं, जो सुख एवं दुख का निर्धारण करते हैं। जैसे शारीरिक मान्यता के अनुसार, यदि किसी काम से शरीर को अच्छा लगे, तो वह सुख हुआ; और अगर शरीर को कष्ट हो, तो वह दुख हुआ। यदि किसी काम से व्यक्ति को यश मिले, उसे लोकप्रियता प्राप्त हो, तो वह सुख हुआ ; और यदि व्यक्ति की बदनामी हो तो वह दुख हुआ। शासन सम्मान करे, तो सुख, अपमान या दंडित करे, तो दुख।

यह सारी बौद्धिक कसरत बैन्थम ने एक खास उद्देश्य से की थी। उन दिनों यूरोप में पूंजीवाद का पदार्पण हो रहा था और अधिकतम व्यक्ति अर्थात् श्रमिकों का शोषण हो रहा था। उन्हें बहुत कम वेतन दिया जाता था। उनसे बहुत अधिक काम लिया जाता था। श्रमिकों को बदबूदार, घुटन-भरे, अमानवीय माहौल में काम करना पड़ता था। वे पशुओं की तरह छोटे-छोटे कमरों में एक साथ रहने के लिए विवश थे। बैन्थम इस स्थिति को बदलना चाहता था। वह इस व्यवस्था में सुधार चाहता था, इसीलिए उसने कहा :

> शासन ऐसे कानून बनाए, जिससे 'अधिकतम व्यक्तियों को अधिकतम सुख' मिले।

अधिकतम व्यक्ति तो मजदूर थे। बैन्थम उन्हीं की स्थिति में सुधार करना चाहता था। बैन्थम ब्रिटेन में सुधारवाद का सबसे बड़ा प्रवक्ता था और उसका उपयोगितावाद सुधारों के लिए सबसे बड़ा पथ प्रदर्शक।

जॉन स्टूअर्ट मिल इन्हीं उपयोगितावादी संस्कारों में पला था। उसने जब होश संभाला था, तो अपने पिता जेम्स मिल और गुरु जैरिमी बैन्थम को यही भाषा बोलते हुए सुना था, परन्तु जैसे-जैसे वह समझदार होता गया, उसे लगता गया कि उसके पिता एवं गुरु के दर्शन की कुछ बातें सही नहीं हैं। जैसे-जैसे अन्य विद्वानों के उपयोगितावाद पर प्रहार बढ़ते गए, मिल उपयोगितावाद पर पुनर्विचार करने के लिए विवश होता गया। उसे लगा, क्यों न उपयोगितावाद को नए रूप में प्रस्तुत किया जाए ? क्यों न

इसकी कमजोरियों को दूर कर, इसे एक अभिनव रूप प्रदान किया जाए ? उपयोगितावाद के सम्बन्ध में उसके इसी नवचिन्तन का परिणाम थी, उसकी पुस्तक 'उपयोगितावाद'।

मिल ने अपनी पुस्तक उपयोगितावाद में लिखा कि वे लोग, जो उपयोगितावाद को शूकर दर्शन मानते हैं, वे उपयोगितावाद को समझते ही नहीं। सुख और दुख केवल भौतिक या शारीरिक नहीं होते। शारीरिक धरातल से ऊपर भी मनुष्य को सुख या दुख की अनुभूति होती है। मिल ने यह भी कहा कि सुख और दुख में केवल मात्रात्मक अन्तर ही नहीं होता, गुणात्मक अन्तर भी होता है। कुछ सुख श्रेष्ठ होते हैं। उन्हें पाने की ललक प्रशंसनीय होती है। मिल के ही शब्दों में :

> वह विचारधारा जो नैतिकता के आधार के रूप में उपयोगिता अथवा अधिकतम सुख को स्वीकार करती है, यह मानती है कि वे कार्य सही हैं, जो सुख प्रदान करते हैं और वे कार्य गलत हैं, जो इसके विपरीत हैं। सुख का मतलब है मजा अथवा दुख का अभाव। दुख का मतलब है कष्ट और मज़े का अभाव। इस विचारधारा का नैतिक स्तर प्रतिपादित करने के लिए कुछ और भी कहा जाना चाहिए।
>
> अब ऐसी विचारधारा कई मस्तिष्कों को उद्वेलित करती है और कइयों के मन में, जिनके मन में अच्छे विचार और उद्देश्य होते हैं, यह विचारधारा घृणा उत्पन्न करती है। वे कहते हैं कि यदि जीवन में सुख से ऊंचा कोई उद्देश्य ही नहीं है, सुख प्राप्ति से बेहतर जिन्दगी की कोई तलाश ही नहीं है, तो ऐसा जीवन बहुत ही निकृष्ट है और ऐसी विचारधारा सूअरों की विचारधारा है। इस एपीक्यूरसवादी विचारधारा को तो बहुत पहले ही अस्वीकार किया जा चुका है। इस विचारधारा के आधुनिक प्रतिपादक भी, जर्मन, फ्रेंच और इंगलिश आलोचक भी उसी प्रकार की आलोचना करते हैं।

मिल ने कहा कि इन आलोचनाओं और आरोपों का उपयोगितावाद ने जो जवाब दिया, वह ठीक नहीं था। उन्हें मानव सुखों की ऊंची व्याख्या

करनी चाहिए थी और एक श्रेष्ठ धरातल पर खड़े होकर अपने पक्ष का समर्थन करना चाहिए था। मिल ने लिखा :

> इस तथ्य को स्वीकार करना उपयोगितावाद के सिद्धान्त से मेल खाता है कि कुछ सुख अधिक ऊंचे और श्रेष्ठ होते हैं। यह तो बहुत बेतुका है कि अन्य बातों में तो गुण और मात्रा दोनों को माना जाए, परन्तु सुख का आकलन करते समय केवल मात्रा को ही माना जाए।
>
> यदि मुझसे पूछा जाए कि सुखों में गुणात्मक अन्तर का मतलब क्या है या एक सुख दूसरे से बेहतर किस प्रकार है, तो इसका एक ही अच्छा उत्तर है। दो सुखों में, यदि लोगों ने दोनों का अनुभव किया है, सब लोग या लगभग सब लोग, जिसे बेहतर कहें, तो बिना किसी नैतिकता के आग्रह के यह कहा जा सकता है वह सुख प्राप्त करने योग्य है।
>
> एक सन्तुष्ट सूअर की अपेक्षा एक असन्तुष्ट मनुष्य होना ज्यादा अच्छा है। एक सन्तुष्ट मूर्ख की अपेक्षा असन्तुष्ट सुकरात होना ज्यादा अच्छा है; और यदि मूर्ख या सूअर की राय अलग है, तो इसका कारण यह है कि वे केवल अपना पक्ष ही जानते हैं, परन्तु दूसरे लोगों को दोनों पक्ष ज्ञात हैं।

इन प्रसिद्ध वाक्यों के द्वारा मिल ने बैन्थम की मूल मान्यताओं को झटक डाला। बैन्थम ने कहा था कि सुख और दुख में कोई गुणात्मक अन्तर नहीं होता, केवल मात्रात्मक अन्तर ही होता है। मिल ने कहा :

> नहीं, सुख और दुख में गुणात्मक अन्तर भी होता है और मात्रात्मक भी। कुछ सुख बेहतर होते हैं, श्रेष्ठ होते हैं, शारीरिक सुख से ऊपर होते हैं। अच्छे व्यक्ति उन्हीं की तलाश करते हैं, पर सब व्यक्ति करते सुख की ही तलाश हैं। यह बात और है कि कुछ व्यक्तियों का सुख श्रेष्ठ होता है, कुछ का सामान्य। कुछ व्यक्तियों का सुख शारीरिक होता है और कुछ का शरीर से इतर, परन्तु होते सब सुखवादी हैं। होते सभी उपयोगितावादी हैं।

सभी लोग सुख की तलाश करते हैं, तो ऐसा क्यों होता है कि बहुत-से लोग अपने समाज, अपने देश के लिए अपने प्राण दे देते हैं ? मनुष्यों में त्याग एवं बलिदान की एक पवित्र भावना भी होती है, इस भावना का सुखवाद से क्या मेल ? मिल ने उपयोगितावाद के आलोचकों की इस तर्क-प्रक्रिया पर भी विचार किया। इस सम्बन्ध में उसका उत्तर था कि आखिर ऐसे लोग भी तो व्यापक सुख के लिए, अपने समाज, अपने देश के लिए ही प्राण त्यागते हैं। उनके बलिदान का उद्देश्य भी अपने लोगों के लिए सुख प्राप्त करना होता है।

इस सम्बन्ध में मिल ने एक बात और कही। सुख-दुख के आधार बाहरी तो होते ही है; शरीर, लोकप्रियता, धर्म, शासन जैसे बाहरी तत्त्वों के कारण सुख और दुख की अनुभूति तो होती ही है, परन्तु सुख और दुख की मान्यता भीतरी भी होती है। मनुष्य का मन, उसकी आत्मा, उसकी चेतना भी सुख और दुख की अनुभूति के आधार हैं। इन्हीं से प्रेरित होकर मनुष्य अपने कर्तव्य को अपने शारीरिक सुख से श्रेष्ठ मानता है। समाज में बहुत-से मनुष्य अपनी चेतना के अनुसार, अपनी आत्मा की आवाज़ के अनुसार कार्य करते हैं। वे अपने कर्तव्य को अधिक महत्त्वपूर्ण मानते हैं, परन्तु अपनी चेतना के अनुसार कार्य करना या अपनी कर्तव्य भावना के अनुसार कार्य करना उपयोगितावाद के मूल सिद्धान्तों के विरुद्ध नहीं है, क्योंकि ऐसा करते हुए भी मनुष्य को सूख ही मिलता है।

इसके अतिरिक्त मिल ने एक और महत्त्वपूर्ण बात भी कही। उसने कहा :

> मनुष्य क्या केवल अपने सुख के लिए काम करता है ? क्या वह केवल अपने सुख की ही इच्छा करता है ? मनुष्य समाज में रहता है। वह समाज का एक स्वाभाविक अंग है। वह जानता है कि समाज के विकास एवं उन्नति में उसका भी विकास एवं उन्नति है, इसलिए वह अपना ही नहीं, समाज का भी सुख चाहता है। बहुत-से लोग इतने उदात्त होते हैं कि वे अपने सुख के स्थान पर समाज का सुख ही चाहते हैं। वे सारी मानवता का सुख चाहते हैं, लेकिन चाहते वे भी सुख हैं। अपना न सही, सारे समाज का

सही। उनके कार्यों का प्रेरणा स्रोत है तो सुख ही।

इस तरह उपयोगितावाद की मूल मान्यताओं में सुधार करता हुआ जे० एस० मिल उपयोगितावाद की नई व्याख्या भी करता है और उपयोगितावाद के साथ चिपका भी रहता है। 'युटिलिटेरियनिज्म' के चौथे अध्याय में वह लिखता है :

> उपयोगित्तावादी विचारधारा यह मानती है कि लोग सुख की इच्छा ही करते हैं, इसलिए सुख ही ध्येय है। बाकी सभी बातें साधन हैं।

मिल के अनुसार, आखिर इसका प्रमाण क्या है कि लोग सुख ही चाहते हैं ? उसने कहा, 'जब हम कहते हैं कि कोई वस्तु दृश्य है, तो वह दिखनी चाहिए; कोई वस्तु श्रव्य है, तो वह सुनाई देनी चाहिए। इसी तरह कोई वस्तु इच्छित है तो लोगों को वास्तव में उस वस्तु की इच्छा करनी चाहिए। हम देखते हैं कि संसार में प्रत्येक व्यक्ति सुख चाहता है, अपना सुख या समाज का सुख, शरीर के लिए या चेतना के लिए, परन्तु वह चाहता तो सुख ही है, इसलिए सुख ही मनुष्यों के कार्यों का एकमात्र निर्णायक तत्त्व है और यदि यह बात सच है तो उपयोगितावादी विचारधारा अपने-आप सही सिद्ध हो जाती है।

विलियम डेविडसन के अनुसार : मिल ने उपयोगितावाद के सिद्धान्त को आग्रहपूर्वक प्रस्तुत किया और समस्त योगबल से यह सिद्ध करने का प्रयास किया कि उपयोगितावाद भी उतनी ही तीव्र अनुभूति के साथ आत्मशक्ति, आत्मनिष्ठा और आत्मा की आवाज़ में विश्वास करता है, जितना कि और कोई कर सकता है और उपयोगितावादी दर्शन में उसका योग उपयोगितावादी नैतिकता के साथ उतना ही है, जितना कि आत्मवादी के साथ। मिल ने इससे भी आगे अपने विरोधियों से इस बात की प्रार्थना की कि वे समस्त द्वेष भाव त्याग करके उपयोगितावादी दर्शन के साथ न्यायपूर्वक व्यवहार करें और आनन्द की भावना के नैतिक पक्ष को निष्पक्ष होकर देखने की चेष्टा करें। यह आनन्दवाद मात्र व्यक्ति माध्यम तक ही सीमित नहीं है, वरन् इस आनन्द का उन समस्त भावनाओं से सम्बन्ध है,

जो मानवता की ओज शक्ति में सदभावन के साथ निहित रहती हैं।

मिल ने बड़ी मासूमियत से उपयोगितावाद को सही मार्गदर्शक विचारधारा के रूप में प्रतिपादित किया। बैन्थम के उपयोगितावाद में मिल द्वारा किए गए संशोधन बड़ी सद्भावना के प्रतीक थे। मिल बड़ी ईमानदारी से बैन्थम के उपयोगितावाद को उसके आलोचकों के प्रहारों से बचाना चाहता था। वह उसे अधिक तर्कसंगत, अधिक उदार, अधिक उदात्त, अधिक नैतिक, अधिक मानवीय बनाना चाहता था, परन्तु उसका परिश्रम व्यर्थ गया। उपयोगितावाद को संवारते-संवारते, उसने अनजाने में ही उपयोगितावाद को जो रूप प्रदान किया, वह बैन्थम की मूल कल्पना से सर्वथा भिन्न था। उदाहरणार्थ, मिल ने कहा कि सुख-दुख में मात्रात्मक ही नहीं गुणात्मक अन्तर भी होता है। यह कहते ही मिल अनजाने में बैन्थम के सम्पूर्ण सुखमापक यंत्र को कचरे की पेटी में फेंक देता है, क्योंकि अब सुख-दुख नापे नहीं जा सकते। मिल तो मानता ही है कि अधिकतम व्यक्तियों का अधिकतम सुख कोई गणितीय मापदंड नहीं है। वरन् यह तो एक दार्शनिक अवधारणा है।

इसी तरह जब मिल यह कहता है कि व्यक्ति अपने सुख के साथ सम्पूर्ण समाज के सुख की भी कामना करता है, तो वह अनजाने में उपयोगितावाद की व्यक्तिवादी अवधारणा को समाजवाद का रूप दे रहा है। वह नहीं जानता कि व्यक्ति की स्वतंत्रता का पुजारी, व्यक्ति को समष्टिवादी समाज के अधीन करता जा रहा है।

और जब मिल यह कहता है कि सुख-दुख की मान्यताएं केवल बाहरी ही नहीं, भीतरी भी होती हैं, तो वह भौतिकवादी उपयोगितावाद को एक आध्यात्मिक सुख प्रदान करता है। वह मनुष्य को एक ऊंचे धरातल पर प्रतिष्ठित अवश्य करता है, परन्तु यह तो बैन्थम के उपयोगितावाद की सम्पूर्ण भौतिकवादी परिकल्पना से कहीं मेल नहीं खाता।

> वेपर ने राजदर्शन के इतिहास में ठीक लिखा है: उपयोगितावाद पर लगाए गए आरोपों से उसकी रक्षा करने की इच्छा में मिल अनजाने में उपयोगितावाद की ही हत्या कर बैठता है।

मिल ने उपयोगितावाद को अपने दर्शन का आधार बिन्दु तो माना,

परन्तु उसने व्यक्ति के सुख को समाज के सुख के साथ एकाकार कर दिया, बल्कि उसने तो समाज के सुख को व्यक्ति का सुख माना। मिल ने कहा :

> प्रत्येक नैतिक समस्या का अंतिम रूप उपयोगितावाद की ही कसौटी पर आंका जा सकता है, किन्तु उपयोगितावाद का प्रयोग व्यापक अर्थ में लगाना होगा और उसे मनुष्य की शाश्वत शक्तियों में निहित प्रगति की कामना के साथ सम्बद्ध करना होगा।

इससे उपयोगितावाद उदात्त और महान् तो बना, उसने एक नैतिक और आध्यात्मिक ऊंचाई तो अर्जित की, परन्तु इससे अनजाने में मूल बैन्थमवादी उपयोगितावाद की तो हत्या हो गई। बैन्थम के उपयोगितावाद में सार्वजनिक सुखों या नैतिक एवं आध्यात्मिक मान्यताओं के लिए कोई स्थान नहीं था, इसलिए बैन्थम के उपयोगितावाद ने मिल के दार्शनिक प्रांगण में दम तोड़ दिया।

हां, यदि मिल के उपयोगितावाद को एक अलग थीसिस के रूप में पढ़ा जाए, तो वह थीसिस अपने-आप में काफी सशक्त है।

महिला मुक्ति

श्रीमती टेलर की दोस्ती ने जॉन स्टुअर्ट मिल की काया ही पलट दी।

उस सुन्दर और प्रबुद्ध महिला के सम्पर्क में आने के बाद मिल के मस्तिष्क की अनेक खिड़कियां खुलने लगीं। वह महिलाओं की पीड़ा को समझने लगा। समाज में हो रही उनकी उपेक्षा, उनके अनादर, उनके अपमान के प्रति उसके मन में विद्रोह की भावनाएं हिलोरें लेने लगीं। इन्हीं भावनाओं की अभिव्यक्ति मिल की पुस्तक 'द सब्जेक्शन ऑफ विमैन' में बड़े, भावात्मक ढंग से हुई।

उन दिनों ब्रिटेन में महिलाएं स्वतंत्रता एवं समानता की स्थिति से वंचित थीं। महिलाओं की शिक्षा को, विशेष रूप से उच्च शिक्षा को, आदर की दृष्टि से नहीं देखा जाता था। संसद् सदस्य बनना तो दूर, उन्हें तो वोट देने का अधिकार भी प्राप्त नहीं था। महिलाएं दूसरे दर्जे की नागरिक थीं। उनके कार्य की सीमारेखा घर की चारदीवारी तक सीमित थी। उनकी दुनिया पति परमेश्वर की सेवा पर समाप्त हो जाती थी। उस समय की स्त्रियों की स्थिति का वर्णन करते हुए डेविडसन ने अपनी पुस्तक 'पोलिटिकल थॉट इन इंगलैंड' में लिखा है:

> कानून और विधायक, केवल एक ही अधिकार नारी के लिए उपयुक्त समझते थे और वह था, वैवाहिक जीवन के साथ घर-गृहस्थी की देख-भाल, बच्चों का प्रजनन और उनकी सेवा। ऐसा करने में उस समय के कानूनों तक में स्त्री को पुरुष से नीचे स्तर का प्राणी इस सीमा तक माना गया था कि पति को अपने

> अधिकारों और आधिपत्य को सुरक्षित रखने के लिए स्त्रियों की स्थिति को गुलामी की दशा तक बदल दिया गया था। वैवाहिक जीवन के क्षेत्र के बाहर स्त्रियों के लिए कुछ भी शेष नहीं बचा था। यदि वह अकेले रहना चाहती, तो उसका जीवन करुणाजनक और टूटा हुआ बनता था। उसे उस सीमा तक शिक्षा का अधिकार नहीं दिया गया था, जिस सीमा तक पुरुषों को अधिकार मिला था। विश्वविद्यालयों की शिक्षा और उच्च शिक्षा के द्वार उसके लिए सर्वथा बंद थे। वह सार्वजनिक जीवन में भी भाग नहीं ले सकती थी और उसे इस सीमा तक हतोत्साहित किया जाता था कि साधारणतया वह किसी भी सार्वजनिक आन्दोलन के विषय में अपनी रुचि का प्रदर्शन नहीं कर सकती थी। बहुत-से बड़े पद और पारितोषिकों से स्त्रियों को जानबूझकर अलग रखा गया था। ऐसी स्थिति में स्त्रियों को भी मतदान का अधिकार देने अथवा राजनीतिक कार्यक्रम में सक्रिय भाग लेने की बात या पार्लियामेण्ट की सदस्यता की बात करना इतनी विद्रोही चीज़ मानी जाती थी कि उसकी कोई कल्पना भी नहीं कर सकता था।

मिल को लगा यह सारी स्थिति बदलनी चाहिए, क्योंकि यह समता की मूल मान्यताओं के विरुद्ध है। मिल ने 'द सब्जेक्शन ऑफ विमैन' में लिखा :

> स्त्री और पुरुष के बीच सामाजिक सम्बन्धों का संचालन करने वाले नियम, जो एक सेक्स को श्रेष्ठ और दूसरे को उसके अधीन बनाते हैं, अपने-आप में ही गलत हैं, इन्हें पूर्ण समानता के नियम द्वारा बदल दिया जाना चाहिए, ताकि न तो किसी एक के पक्ष में अधिक शक्ति रहे और न ही किसी एक को अधीनता।

उन दिनों कई विद्वान् महिला मुक्ति के विरुद्ध तरह-तरह के तर्क दे रहे थे। कुछ तो यह कह रहे थे कि स्त्री द्वारा पुरुष की अधीनता सर्वथा स्वाभाविक है। पुरुष प्राकृतिक रूप से स्वामी है और स्त्री सेविका। मिल ने इस तर्क की धज्जियां उड़ाते हुए लिखा :

कोई वक्त था, जब मानव जाति का स्वामी और दास दो भागों में विभाजन था। यह बड़े परिष्कृत व्यक्तियों को भी स्वाभाविक लगता था और यह भी प्रतीत होता था कि यही मानव जाति के लिए एक मात्र स्थिति है। यहां तक कि अरस्तू जैसा बुद्धिमान् व्यक्ति, जिसका मानव चिंतन के विकास में महत्त्वपूर्ण योगदान है, वह भी इसी भ्रमपूर्ण धारणा में विश्वास करता था,··· परन्तु मैं अरस्तू तक ही क्यों जाऊं ? क्या आज भी अमेरिका के दक्षिणी राज्यों में दासों पर स्वामित्व करने वाले लोग इसी सिद्धान्त में विश्वास नहीं करते और वह भी पूरी कट्टरता के साथ, जिससे कि वे अपनी वासनाओं और अपने निहित स्वार्थों को उचित ठहरा सकें ? क्या उन्होंने यह सिद्ध करने के लिए जमीन-आसमान एक नहीं कर दिया कि गोरे व्यक्ति का काले व्यक्ति पर आधिपत्य स्वाभाविक है, कि काली जाति के लोग स्वतंत्रता के योग्य हैं ही नहीं ?

मिल ने कहा : लोग यह तर्क भी देते हैं कि स्त्री द्वारा पुरुष की अधीनता शक्ति पर आधारित अधीनता नहीं है। यह तो स्वेच्छा से स्वीकृत अधीनता है। स्त्रियां स्वयं ही यह अधीनता चाहती हैं। वे मन से पुरुष को स्वामी मानती हैं। जब वे समानता नहीं चाहतीं, तो उनकी ओर से समानता की वकालत किसलिए ? इन तर्कों के जवाब में मिल ने कहा :

पहली बात तो यह कि अधिकांश महिलाएं इस तर्क को स्वीकार नहीं करतीं। जब से महिलाओं ने अपनी भावनाओं को लेखन के रूप में व्यक्त करना आरम्भ किया है, उन्होंने इस सामाजिक व्यवस्था के विरुद्ध आवाज ही उठाई है और वर्तमान समय में कई हजार महिलाओं ने, जिनमें अनेक प्रख्यात महिलाएं सम्मिलित हैं, संसद् को एक ज्ञापन दिया है, जिसमें यह मांग की गई है कि उन्हें भी वोट देने का अधिकार दिया जाए। महिलाओं की यह मांग कि उन्हें भी शिक्षा दी जाए और वही शिक्षा दी

> जाए, जो पुरुषों को दी जाती है, अब अधिक तीव्रता से बढ़ती जा रही है। इसमें उन्हें सफलता भी मिलती जा रही है। और उनकी विभिन्न व्यवसायों में प्रवेश पाने की मांग, जो अब तक उनके लिए व जत क्षेत्र था, और अधिक तीव्रतर होती जा रही है।¨ यह ध्यान रखा जाए कि किसी भी ऐसे वर्ग ने, जिसे दास बनाकर रखा गया हो, सभी मांगें एक साथ नहीं उठाईं।

मिल ने कहा ; कई लोग यह आग्रह भी करते हैं कि यदि स्त्रियां पुरुष की अधीनता से मुक्ति चाहती हैं, यदि वे वास्तव में समानता चाहती हैं, तो वे सामूहिक रूप से संघर्ष क्यों नहीं करतीं ? क्यों नही वे संगठित होतीं और पुरुषों की दासता के जुए को उतार फेंकतीं ?

उल्लेखनीय है कि मिल का समाज एक अनुदार समाज था। उस समाज में महिलाओं की यथास्थिति बनाए रखने के सम्बन्ध में कई तरह के तर्क दिए जा रहे थे। इन तर्कों में एक प्रमुख तर्क यह भी था कि स्त्रियां स्वयं संगठित होकर आन्दोलन क्यों नहीं करतीं ? इस तर्क के जवाब में मिल ने कहा :

> सामाजिक और प्राकृतिक सभी प्रकार के कारण मिलकर भी यही बताते हैं कि यह अप्रत्याशित है कि महिलाएं संगठित होकर पुरुषों के विरुद्ध विद्रोह करें। वे दासत्व भोग रहे उन सभी वर्गों से भिन्न हैं, क्योंकि उनके स्वामी वास्तविक सेवा के अतिरिक्त उनसे और भी बहुत कुछ चाहते हैं। पुरुष महिलाओं से पूर्ण आज्ञापालन ही नहीं चाहते, वे उनका भावनाएं भी चाहते हैं। सभी पुरुष, केवल अत्यधिक जंगली पुरुषों को छोड़कर, उन स्त्रियों से जिनका सम्बन्ध उनसे है, केवल बलात् गुलामी ही नहीं चाहते, बल्कि स्वैच्छिक गुलामी भी चाहते हैं। वे केवल दासी ही नहीं चाहते, बल्कि एक प्रिया भी चाहते हैं। अतः उन्होंने उनके मस्तिष्क को गुलाम बनाने के सभी उपाय अपनाए हुए हैं। अन्य दासों के स्वामी भय द्वारा अपने दासों को वश में करते हैं, परन्तु महिलाओं के स्वामी केवल आज्ञापालन नहीं चाहते, इसलिए उन्हें

मानसिक रूप से दास बनाने के लिए उन्होंने सम्पूर्ण शिक्षा का बल भी इसी काम में लगा दिया है। सभी महिलाओं को उनके बचपन से ही यह पढ़ाया जाता है कि उनके चरित्र के आदर्श पुरुषों के आदर्श से सर्वथा भिन्न हैं; अपनी इच्छा या आत्मनियंत्रण द्वारा अपने पर शासन नहीं, बल्कि दूसरों की अधीनता और दूसरों के नियंत्रण के सामने झुकना। सभी नैतिकताएं यह बताती हैं कि यह स्त्रियों का कर्तव्य है; तथा सभी भावुकताएं बताती हैं कि ग्रह स्त्रियों की प्रकृति है कि वे अन्य लोगों के लिए जीएं।... और महिलाओं के मस्तिष्क को प्रभावित करने वाले सभी साधनों पर कब्जा करने के बाद पुरुष ने अपने स्वार्थ की भावना से प्रेरित होकर इसका प्रयोग महिलाओं को गुलाम बनाने के लिए किया और कहा कि दुर्बलता, पराधीनता और अपनी इच्छाओं का त्याग ही उनका चरित्र है और इसलिए पुरुषों की अधीनता ही उनके लिए सर्वाधिक उपयुक्त हैं...

ऐसी मनस्थिति में स्त्रियां संगठित होकर पुरुषों के विरुद्ध विद्रोह करने की बात सोच भी नहीं सकतीं। मिल ने यह भी कहा कि किसी परम्परा के नाम पर स्त्री-पुरुष समानता का विरोध करना सरासर गलत है। यह तर्क कि प्राचीन काल से पुरुष स्त्री का स्वामी होता आया है, इसलिए स्त्री को अब भी उसकी अधीनता में रहना चाहिए और भी गलत है, क्योंकि इतिहास के इन खंडहरों का भविष्य के साथ कोई तालमेल नहीं है। स्वर्णिम भविष्य के निर्माण के लिए अतीत के इन अवशेषों को पीछे छोड़ना ही होगा।

मिल ने कहा कि आखिर आधुनिक युग की पहचान ही क्या है ? आधुनिक संस्थाओं, आधुनिक सामाजिक विचारों तथा आधुनिक जीवन का अतीत की इन्हीं बातों से अन्तर क्या है ? यही न कि मनुष्य जिस स्थिति में जन्म लेता है, जीवन-भर उस स्थिति से वह जंजीरों द्वारा बंधा नहीं रहेगा ? अतीत में यदि किसी व्यक्ति ने दास के घर जन्म लिया, तो वह जीवन-भर दास बना रहने के लिए अभिशप्त था। उस जमाने में लोग जिस सामाजिक स्थिति में जन्म लेते थे, उसी में सड़ने के लिए

अभिशप्त थे, परन्तु, मिल के अनुसार, आधुनिक युग में पुरानी विचारधारा के सर्वथा विपरीत, नई विचारधारा चल रही है। अब लोग जीवनभर अपनी जन्मजात स्थिति में सड़ने के लिए अभिशप्त नहीं हैं। वे मुक्त हैं। वे स्वतंत्र हैं। अपने जन्मजात सामाजिक परिवेश को बदलने की उन्हें छूट है, तो फिर महिलाओं को यह छूट क्यों न हो कि वे अपनी सामाजिक स्थिति सुधार सकें ? वे अतीत के नाम पर दासता का जीवन क्यों जीएं ? जब समाज की अन्य असमानताएं समाप्त हो रही हैं, तो स्त्री को ही पुरुष की अधीनता में क्यों रखा जाए ? उससे ऊपर उठने की, अपना सामाजिक स्तर सुधारने की, अपने भविष्य का निर्धारण करने की स्वतंत्रता उन्हें क्यों न हो ? इतना ही नहीं, उन्हें फिर बार-बार क्यों बताया जाता है, कि उनके जीवन का एकमात्र उद्देश्य विवाह है? जब पुरुष के विवाह के अतिरिक्त और भी कई उद्देश्य हैं, तो फिर स्त्री के जीवन का एकमात्र उद्देश्य विवाह ही क्यों ? इसीलिए मिल ने लिखा :

> इस प्रकार महिलाओं की सामाजिक अधीनता आधुनिक सामाजिक संस्थाओं में अलग-थलग और बेतुकी व्यवस्था है। मूल-भूत कानून का पूर्णतया उल्लंघन है यह; चिन्तन और आचरण की पुरानी दुनिया का एकमात्र अवशेष। जबकि इस पुरानी दुनिया की बाकी हर चीज विस्फोटित हो गई है, अपने सार्वभौम स्वार्थों के कारण केवल इसी चीज़ को बनाए रखा गया है।...

इस प्रकार मिल ने उन तमाम तर्कों को खोखला साबित किया, जो महिलाओं को दास बनाए रखने के सम्बन्ध में तत्कालीन समाज के नैतिकता के दावेदारों द्वारा दिए जाते थे। महिला मुक्ति के सम्बन्ध में मिल के विचार, स्त्री-पुरुष समानता के सम्बन्ध में मिल के विचार, स्त्री-पुरुष सम्बन्धों के बारे में मिल के विचार अपने जमाने के विचारों से बहुत आगे थे। मिल के ही विचारों को मिल की मृत्यु के पश्चात् समाज और शासन ने मान्यता प्रदान की। इंगलैंड में धीरे-धीरे स्त्रियों को भी वोट देने का अधिकार दिया गया। उन्हें चुनाव लड़ने का अधिकार दिया गया, लार्डसभा में मनोनीत होने का अधिकार दिया गया, समाज में विभिन्न व्यवसायों को अपनाने की छूट दी गई। इन सबमें कहीं न कहीं मिल

का योगदान अवश्य है। बल्कि डेविडसन का तो मत है :

> यह कहना अतिशयोक्तिपूर्ण नहीं होगा कि आज वर्तमान युग में जो सुविधाएं स्त्रियों को शिक्षा एवं समान अवसर के रूप में मिली हैं और जिसके बल पर स्त्रियों को व्यावहारिक प्रतिभा को प्रदर्शित करने का अवसर मिला है, यह सब केवल एक व्यक्ति मिल के अनथक प्रचार एवं नेतृत्व का परिणाम है।

बेशक मिल ने आधुनिक महिला मुक्ति आन्दोलनकारियों की तरह यौन स्वच्छन्दता की वकालत नहीं की। न ही उसने सेक्स स्वतंत्रता को महिला मुक्ति से जोड़ा, परन्तु सेक्स सम्बन्धों की स्वच्छन्दता महिला मुक्ति की आवश्यक शर्त न तब थी, न अब है। सेक्स सम्बन्धों में स्वतन्त्र होकर भी अनेक स्त्रियां मानसिक रूप से दासी ही बनी रहती हैं। मिल दासत्व एवं स्वामित्व की मानसिकता पर प्रहार करना चाहता था। यही उसने किया। वह किसी भी हालत में स्त्री को पुरुष से हीन मानने को तैयार नहीं था। इसे आप चाहें तो श्रीमती टेलर का प्रभाव भी कह सकते हैं, परन्तु मिल ने तत्कालीन समाज की मान्य परम्पराओं के विपरीत नारी स्वतंत्रता एवं समानता के लिए जोरदार आवाज उठाई जो असरकारक सिद्ध हुई, यही उस विचारक की विजय का प्रतीक है।

एक बात और भी। अपनी इसी पुस्तक में स्त्री और पुरुष की समानता के साथ-साथ, मिल काले और गोरे की समानता की बात भी करता है। वह स्त्री की दासता के विरुद्ध तो है ही, परन्तु नस्ल एवं जाति की दासता के भी विरुद्ध है। एक विक्टोरियन एवं व्यक्तिवादी विचारक से आप और क्या चाहते हैं ?

प्रतिनिधि शासन

हमें अच्छा लगे या बुरा, लेकिन हकीकत यह है कि आधुनिक संसार के लोकतंत्रों की जननी ब्रिटेन ही है। ब्रिटेन में धीरे-धीरे राजतंत्र के स्थान पर लोकतंत्र का विकास हुआ, फिर वे हवाएं यूरोप के अन्य देशों में भी फैलने लगीं। समुद्र पारकर अमेरिका, कनाडा और आस्ट्रेलिया भी पहुंचीं। भारत भी आई, लेकिन यह सिलसिला शुरू ब्रिटेन से ही हुआ। इसलिए यह एकदम स्वाभाविक है कि आधुनिक ब्रिटेन के सभी विचारक लोकतंत्र के आकाश में ही उड़ते रहे हैं। जॉन स्टूअर्ट मिल इसका अपवाद नहीं हो सकता था।

मिल लोकतंत्रवादी था। लोकतंत्र के आदर्शों, सिद्धान्तों एवं संस्थाओं में उसकी पूर्ण आस्था थी। वह इसे संसार की सर्वश्रेष्ठ शासन पद्धति मानता था, लेकिन साथ ही वह तत्कालीन ब्रिटिश लोकतंत्र से पूरी तरह सन्तुष्ट भी नहीं था। मिल को उस लोकतंत्र में अनेक कमियां, अनेक बुराइयां दिखाई देती थीं। वह इन कमियों एवं बुराइयों को दूर करना चाहता था। उसकी इसी सद्भावना का परिणाम थी 'रिप्रजेण्टेटिव गवर्नमेण्ट'। इस पुस्तक में मिल ने तत्कालीन लोकतंत्र की कमियों की ओर इशारा कर उनपर हमला तो किया ही है, उन्हें दूर करने के उपाय भी बताए हैं।

पुस्तक के पूर्वकथन में ही मिल ने लिखा है :

> जिन लोगों ने मुझे इससे पूर्व भी पढ़ने का सम्मान दिया है, उन्हें इस पुस्तक में कुछ नया तो नहीं मिलेगा, क्योंकि इसमें

> वर्णित सिद्धान्त एवं विचार वही हैं, जिन्हें सोचने एवं प्रतिपादित करने में मैं वर्षों से लगा रहा हूं। नई बात केवल यही है कि जो विचार मैं जहां-तहां व्यक्त करता आया हूं, उन्हें तरतीब से एकसाथ प्रस्तुत कर रहा हूं।··· मुझे ऐसा लगता है कि हममें से अधिकांश लोगों ने उस दर्शन में विश्वास खो दिया है, जिसका हम अनुपालन करते आए हैं। किसी ने भी कोई बेहतर व्यवस्था के बारे में विचार व्यक्त नहीं किए, जबकि एक बेहतर विचारधारा सुझाई जानी चाहिए थी।

मिल ने अपनी तरफ से रिप्रजेण्टेटिव गवर्नमेण्ट में एक बेहतर व्यवस्था का विचार व्यक्त किया है। यह व्यवस्था लोकतांत्रिक ही होगी। परन्तु इसमें वर्तमान बुराइयां नहीं होंगी। यह व्यवस्था लोकतंत्र का एक निखरा हुआ, एक सुधरा हुआ रूप होगी।

पुस्तक के पहले ही अध्याय में मिल ने एक जोरदार बात कही, जो सार्वकालिक है और संसार की हर व्यवस्था और विशेष रूप से लोकतंत्र पर लागू होती है। मिल ने कहा :

> यांत्रिकी की तरह राजनीति में भी किसी भी मशीन को चलाने की शक्ति उस मशीन के बाहर से आती है और यदि वह शक्ति नहीं आ रही है, या कम मात्रा में आ रही है, तो वह मशीन, वह तंत्र फल हो जाएगा।

लोकतंत्र में यह शक्ति जनता से आती है। किसी भी राज्य में लोक-तांत्रिक ढांचा लाद देने से क्या होगा ? यदि जनता उस ढांचे को पर्याप्त शक्ति प्रदान नहीं करती, तो वह ढांचा टिका कैसे रहेगा, वह तंत्र चलेगा कैसे ? ऊर्जा तो शासनतंत्र के बाहर से मिलनी ही चाहिए। मिल के अनुसार किसी भी देश में लोकतंत्र की सफलता या असफलता का दारोमदार अन्ततः जनता पर ही निर्भर करता है।

मिल लोकतंत्र-सम्बन्धी अपने चिंतन का आरम्भ इस बात से करता है कि एक अच्छा शासन क्या है ? इसका उत्तर खोजने के लिए मिल को ज्यादा परेशान नहीं होना पड़ा। उसका उत्तर है :

> वह शासन जो समाज की मानसिक प्रगति का सर्वोच्च प्रयास करता है। इस मानसिक प्रगति का अर्थ है, बौद्धिक विकास, गुणात्मक विकास और व्यावहारिक कार्यकुशलता के स्तर में वृद्धि।
>
> दूसरे शब्दों में एक अच्छा शासन वही है, जो मनुष्य की बहुमुखी प्रगति में, उसके चौतरफा विकास में सहायक हो। ऐसा शासन न तो राजतंत्र हो सकता है, न कुलीनतंत्र। वह तो केवल लोकतंत्र ही हो सकता है। मिल ने लिखा :
>
> आदर्श की दृष्टि से वही शासन सर्वोत्कृष्ट है, जिसमें सम्प्रभुता सम्पूर्ण समाज में केन्द्रित हो।

यह सच है कि लोकतंत्र सर्वश्रेष्ठ शासन पद्धति है, परन्तु मनुष्य की यह विशेषता है कि वह किसी भी पद्धति को चाहे तो अच्छा बना दे और चाहे तो तबाह कर दे। लोकतंत्र एक अच्छी शासन पद्धति होने के उपरांत भी मानवीय विकृतियों के कारण कई दुर्बलताओं से घिर सकता है। इनके कारण लोकतंत्र में भी कई कमियां उभरने लगती हैं। इन कमियों को दूर करते रहना भी आवश्यक होता है। मिल के ही शब्दों में :

> मनुष्य द्वारा बनाई हुई अन्य सभी चीजों की भांति, लोकतंत्र को अच्छा भी बनाया जा सकता है और बुरा भी।
>
> तो फिर, क्यों न लोकतंत्र को और अधिक अच्छा बनाया जाए ?

मिल का कहना था कि राज्यों का आकार बहुत बड़ा हो गया है जनसंख्या भी बहुत बढ़ रही है। इसलिए प्रत्यक्ष लोकतंत्र तो सम्भव नहीं है। वर्तमान युग में लोकतांत्रिक व्यवस्था केवल प्रतिनिधि रूप में ही कायम रह सकती है। इसीलिए लोकतंत्र पर लिखी पुस्तक को मिल ने 'प्रतिनिधि शासन' (रिप्रजेण्टेटिव गवर्नमेण्ट) नाम दिया।

प्रतिनिधि शासन में अर्थात् आधुनिक लोकतंत्र में सभी निर्णय बहुमत द्वारा किए जाते हैं। सामान्यतः बहुमत का फैसला अंतिम फैसला होता है, परन्तु इस व्यवस्था में सबसे बड़ा खतरा यही है कि इसमें 'बहुमत की तानाशाही' हो जाती है। बहुमत अपने निर्णय, अपने आग्रह अल्पमत पर

भी लादना चाहता है। यह एक खतरनाक प्रवृत्ति है। मिल के अनुसार, बहुमत की तानाशाही सामान्य तानाशाही से भी ज्यादा खतरताक है। मिल के शब्दों में :

> लोकतांत्रिक निरंकुशवाद, राजतंत्रात्मक निरंकुशवाद से भी ज्यादा बुरा है। बहुमत का निरंकुशवाद अब उन बुराइयों में माना जाता है,जिसके विरुद्ध समाज को अपनी रक्षा करनी होगी।

लेकिन क्या बहुमत के निरंकुशवाद को रोकने का कोई उपाय है ? उत्तर भी मिल ने ही दिया। उसने कहा कि बहुमत के निरंकुशवाद को समाप्त करने के लिए निर्वाचन प्रणाली में सुधार किया जाए। एक सदस्य वाले निर्वाचन क्षेत्र के स्थान पर, बहु सदस्य वाले निर्वाचन क्षेत्र बनाए जाएं और 'आनुपातिक प्रतिनिधित्व' के आधार पर निर्वाचन कराए जाएं। इस प्रणाली में जिस दल को जितने प्रतिशत मत मिलते हैं, उसी के अनुपात में उस दल के प्रत्याशियों को प्रतिनिधित्व मिलता है। इस पद्धति का लाभ यह होगा कि छोटे दलों को भी तथा अल्पमतों को भी उचित प्रतिनिधित्व प्राप्त होगा। अल्पमत भी सार्वजनिक संस्थाओं में अपनी आवाज़ बुलंद करके अपनी बात कह सकेगा। 'बहुमत की तानाशाही' उसका गला नहीं घोंट पाएगी। जब प्रतिनिधि संस्थाओं में अल्पमतों को भी समुचित स्थान मिलेगा, तो उनकी आवाज को दबाया नहीं जा सकेगा।

मिल को लोकतंत्र से एक बहुत बड़ी शिकायत यह थी कि इसमें व्यवस्थापिका के अधिकांश निर्वाचित सदस्य अशिक्षित, अनपढ़ और यहां तक कि राष्ट्रीय समस्याओं से अनजान होते हैं और यही लोग देश के भाग्य का निर्धारण करते हैं। मिल ने लिखा :

> व्यवस्थापिका में बुद्धि का निम्न श्रेणी का होना तथा उस जन समुदाय में बुद्धि की कमी होना, जो व्यवस्थापिका का नियंत्रण करती हैं, किसी भी समाज के लिए एक खतरा है।

यह सम्भव है कि मिल के इन विचारों पर प्लेटो का प्रभाव रहा हो, क्योंकि मिल द्वारा राजनीति दर्शन के अध्ययन का आरम्भ ही प्लेटो के

संवादों से हुआ था। प्लेटो के दार्शनिक शासक की अवधारणा बचपन में ही मिल के मन-मस्तिष्क्र पर छाई रही थी। प्लेटो ने ही तो 'रिपब्लिक' में सबसे पहले कहा था कि किसी भी राज्य का सबसे बड़ा दुर्भाग्य यह होता है कि उसके शासक अज्ञानी होते हैं। प्लेटो की अवधारणा के प्रकाश में मिल ने अपने समय में पाया कि अधिकांश शासक तो अशिक्षित और नासमझ ही होते हैं। मिल के अनुसार, लोकतंत्र में इसका कारण यही है कि प्रत्येक नागरिक को, चाहे वह शिक्षित हो या अशिक्षित, वोट देने का अधिकार प्राप्त रहता है। मिल ने लिखा :

> मैं इसे पूर्णत: अनुचित मानता हूं क्रि किसी व्यक्ति को, जो लिखना-पढ़ना और मैं तो यहां तक कहूंगा कि गणित के सामान्य प्रश्न हल करना न जानता हो, मताधिकार दिया जाए।

मिल की स्पष्ट मान्यता थी कि सब व्यक्तियों को वोट देने का अधिकार नहीं होना चाहिए। मताधिकार प्राप्त करने की कुछ न्यूनतम योग्यताएं निर्धारित की जानी चाहिए। इनमें अपने देश के इतिहास, भूगोल का सामान्य ज्ञान भी सम्मिलित है। सामान्य लिखाई-पढ़ाई भी आवश्यक है। यदि मतदाता योग्य एवं शिक्षित होंगे, तो वे शिक्षित एवं समझदार प्रतिनिधि ही चुनेंगे। भारत में लोकतंत्र के नाम पर बढ़ते हुए भीड़तंत्र को देखते हुए, मिल का यह सुझाव क्या आज भी विचारणीय नहीं है ? करोड़ों रुपये भारत में प्रतिवर्ष साक्षरता पर बर्बाद किए जा रहे हैं। यदि मतदाताओं के लिए कम-से-कम आठवीं क्लास पास करना अनिवार्य कर दिया जाए, तो राजनीतिक दल ही सारे देश की जनता को शिक्षित करने में जुट जाएंगे। पूरा देश साक्षर भी हो जाएगा और मतदाताओं का शैक्षिक स्तर भी उठ जाएगा।

मिल को यह भी शिकायत थी कि लोकतंत्र में शिक्षित एवं अशिक्षित, गरीब एवं धनवान्, अचेतन एवं जागरूक, सभी व्यक्तियों को एकसमान माना जाता है। सभी का एक जैसा महत्त्व होता है। यही बात वर्षों बाद डॉ० मोहम्मद इकबाल ने कही थी :

जम्हूरियत इक तर्ज़े हुकूमत है कि जिसमें,
बंदों को गिना करते हैं, तौला नहीं करते।

इस समस्या का मिल की दृष्टि में एक ही समाधान था, बहुल मतदान। जो लोग सुशिक्षित हों, अधिक विद्वान् हों, उन्हें बहुल मत (प्लूरल वोटिंग) का अधिकार दिया जाए। मिल तो यहां तक कहता है कि जिस व्यक्ति के पास अधिक सम्पत्ति हो उसे भी बहुल मत का अधिकार होता चाहिए, क्योंकि अन्य व्यक्तियों की अपेक्षा उसे अपनी सम्पत्ति की रक्षा करने के लिए अधिक शक्तियों की आवश्यकता होती है। सम्पत्तिशाली व्यक्ति शासन के कार्यों में अधिक रुचि लेता है। मिल सम्पत्ति को बुरा नहीं मानता था। वह मानता था कि एक साधारण व्यक्ति भी परिश्रम करके सम्पत्ति अर्जित कर सकता है और यदि सामान्य व्यक्ति धन अर्जित नहीं कर सकता, न सही, उसे कोई अन्य दक्षता अर्जित करनी होगी। यदि वह विद्वान् है, दार्शनिक है, साहित्यकार है, वैज्ञानिक है, तो धनवान् न होने पर भी वह बहुल मत का अधिकारी है। मिल के शब्दों में :

> मुझे यह बात अस्वीकार है कि मतों की श्रेष्ठता का मूल्यांकन सम्पत्ति के आधार पर हो।

मिल के अनुसार बहुल मत की योजना गरीब आदमी के महत्त्व को भी स्वीकार करती है, क्योंकि यह योजना गरीब के लिए भी समान रूप से उपलब्ध हो सकेगी, किन्तु उसे यह सिद्ध करना होगा कि कठिनाइयों और असुविधाओं के बावजूद वह अपने बुद्धिबल के आधार पर इस श्रेणी का अधिकारी है।

मिल को यह पसन्द नहीं था कि मतदान गुप्त रूप से किया जाए। वोट देना एक अधिकार ही नहीं एक कर्तव्य भी है। इस कर्तव्य के पालन में गोपनीयता कैसी ? मिल मानता था कि गुप्त मतदान प्रणाली व्यक्ति को डरपोक एवं कायर बनाती है, इसलिए मतदान खुला होना चाहिए।

उस ज़माने में महिलाओं को वोट देने का अधिकार नहीं था। महिलाओं का कार्यक्षेत्र घर की चारदीवारी तक ही सीमित था। सार्व-

जनिक जीवन में वे भाग नहीं लेती थीं। संसद् के द्वार तो उनके लिए बन्द ही थे।

मिल इस बात के विरुद्ध था। वह चाहता था कि महिलाएं सार्वजनिक जीवन में भाग लें। उन्हें मत देने का अधिकार दिया जाए। उसने इस सम्बन्ध में एक प्रतिवेदन भी शासन को दिया था। अपनी पुस्तक 'प्रतिनिधि शासन' में वह लिखता है :

> अच्छी शासन व्यवस्था में सभी मानव प्राणियों की समान रुचि होती है। सभी का कल्याण उन्हीं के द्वारा पोषित होता है और उससे होने वाले लाभों में अपने भाग को प्राप्त करने हेतु सबके लिए यह समान रूप से आवश्यक है कि उनकी उसमें आवाज हो। यदि नहीं भी हो तो भी किसी भी स्थिति में पुरुषों की अपेक्षा स्त्रियों को इस अधिकार की आवश्यकता है, क्योंकि शारीरिक रूप से निर्बल होने के कारण अपने संरक्षण के लिए उन्हें विधि तथा समाज पर अधिक निर्भर रहना पड़ता है। मानव जाति बहुत पहले से ही अपनी उस मान्यता को तिलांजलि दे चुकी है, जिसके आधार पर यह निर्णय निकलता था कि स्त्रियों को मताधिकार प्राप्त नहीं होना चाहिए। अब कोई यह धारणा नहीं रखता कि स्त्रियां व्यक्तिगत दासत्व में रहें अथवा उनमें न विचार हों, न इच्छा हो और न ही वे कोई व्यवसाय करें तथा वे केवल पतियों, पिताओं तथा भ्राताओं की घरेलू दासियां बनी रहें।

मिल ने आग्रहपूर्वक लिखा कि महिलाओं को वोट देने का अधिकार दिया जाए और उन्हें चुनाव लड़ने की पात्रता भी दी जाए।

संसद् के स्वरूप, संसद् के कार्य तथा सांसदों की प्रकृति के बारे में भी मिल ने गहराई से विचार किया था। मिल को लगता था कि इस सम्बन्ध में भी पर्याप्त सुधारों की आवश्यकता है।

उन दिनों ब्रिटेन में यह बात एक खासी बहस का मुद्दा थी कि लार्ड सभा को समाप्त किया जाए या उसे सुधारा जाए। व्यवस्थापिका एक सदनात्मक हो या द्विसदनात्मक। इस बहस में मिल ने भी भाग लिया। उसने कहा कि व्यवस्थापिका का द्विसदनात्मक होना अधिक उपयुक्त है,

क्योंकि दूसरा सदन पुनविचार का सदन होता है। दूसरा सदन, पहले सदन की जल्दबाजी की प्रक्रिया को धीमा करता है। दूसरा सदन व्यवस्थापिका को निरंकुश होने से बचाता है। मिल ने कहा :

> मेरी समझ में द्वितीय सदन के पक्ष में दिए जाने वाले तर्कों में यह तर्क सबसे अधिक महत्त्वपूर्ण है कि शक्ति के अनन्य प्रयोग से अथवा नीति निर्धारण के क्षेत्र में अकेले होने से अहंकार उत्पन्न होता है। चाहे वह व्यक्ति हो, एक समुदाय हो या एक निकाय।

सांसदों के कार्यो पर विचार करते हुए मिल ने कहा कि ये लोग कानून बनाने का कार्य करते हैं, परन्तु क्या यह लोग सर्वज्ञ होते हैं ? क्या वे विधिशास्त्र के पंडित होते हैं ? वे तो सामान्य लोग होते हैं। कई विषयों की बारीकियों के बारे में उनका ज्ञान शून्य से अधिक नहीं होता, फिर भला वे प्रत्येक विषय पर कानून बनाने का काम क्यों करते हैं ? मिल ने कहा कि संसद् सदस्यों का कार्य कानून बनाना नहीं, बल्कि यह देखना होना चाहिए कि जो लोग कानून बना रहे हैं, वे योग्य एवं सक्षम हैं या नहीं। विभिन्न विषयों पर कानून बनाने का काम सम्बन्धित विषयों के विशेषज्ञों को करना चाहिए। मिल के ही शब्दों में :

> प्रशासन कार्य में प्रतिनिधि सभा का समुचित कर्तव्य अपने मत द्वारा उसका निर्णय करना नहीं, वरन् यह देखना है कि जो उसका निर्णय करें, वे योग्य हों।
>
> इसके साथ ही संसद् सदस्यों का कार्य है :
>
> शासन पर नियंत्रण रखना, उसके कार्यों पर प्रकाश डालना तथा ऐसे कार्यों की पूर्ण समीक्षा तथा औचित्य सिद्ध करने के लिए सरकार को विवश करना, जिन्हें कोई भी आपत्तिजनक समझता हो।

मिल बहुत आदर्शवादी होने की झोंक में यह भी मानता था कि व्यवस्थापिका सदस्यों को वेतन नहीं मिलना चाहिए। वेतन मिलने से राजनीति एक पेशा, एक धन्धा बन जाएगी। व्यक्ति जो कार्य कर रहे हैं, वे करते रहें। अपने बचे हुए समय में सार्वजनिक विषयों में रुचि लेने वाले

लोग राजनीति के कार्य कर सकते हैं। इसके लिए नियमित वेतन देना उचित नहीं है। सांसद को चाहिए कि वह अपने कार्य को एक व्यवसाय के रूप में नहीं, वरन् समाज सेवा के एक कर्तव्य के रूप में ले। हां, चुनाव व्यय की व्यवस्था सरकार को करनी चाहिए।

इस तरह मिल ने अपनी तरफ से लोकतंत्र को सुन्दर, सशक्त और दोषविहीन बनाने के लिए कई नए एवं मौलिक सुझाव दिए। इनमें से कई सुझाव तो ऐसे थे, जिन्हें पसंद किया गया और अपनाया भी गया, परन्तु कई सुझाव ऐसे भी थे, जो अव्यावहारिक थे और जिन्हें उखाड़ भी दिया गया।

मिल ने जब यह कहा कि केवल उन्हीं लोगों को मत देने का अधिकार हो, जो सुशिक्षित हों, जिन्हें इतिहास, भूगोल एवं गणित का ज्ञान हो, तो लोगों ने उसका बहुत मजाक बनाया, क्योंकि मिल का सुझाव लोकतंत्र की मूल मान्यताओं के सर्वथा विपरीत था। लोकतंत्र तो जनता का शासन है। इसमें सभी व्यक्तियों को समान माना जाता है। ऐसे में औपचारिक शिक्षा के नाम पर लोगों को मत देने के अधिकार से वंचित करना, लोकतंत्र की समूची मान्यताओं को ही ध्वस्त करना है। यदि मिल का सुझाव मानकर इतिहास, भूगोल एवं गणित जानने वाले लोगों को ही मताधिकार दिया जाए, तो आज तो क्या, आने वाले पचास वर्षों में भी भारत में करोड़ों लोग वोट देने के अधिकार से वंचित रहेंगे। ऐसा लोकतंत्र वास्तव में लोकतंत्र के नाम पर एक अभिजात तंत्र ही रहेगा। कैसी विचित्र बात है कि लोकतंत्र का स्वघोषित मसीहा मिल, अनजाने में लोकतंत्र के नाम पर कुलीन तंत्र की स्थापना की अनुशंसा कर रहा है। असल में, मिल इस भ्रम का शिकार था कि केवल पढ़े-लिखे लोग ही राजनीतिक रूप से समझदार होते हैं। भारत के करोड़ों मतदाताओं ने मिल की मान्यता की धज्जियां उड़ाते हुए बार-बार सिद्ध किया है, कि वे निरक्षर होते हुए भी राजनीतिक रूप से पूरी तरह परिपक्व हैं।

मिल ने अल्पमतों की सुरक्षा के भी बहुत गीत गाए। यह सच है कि लोकतंत्र में बहुमत के अधिनायकवाद की कुछ सम्भावनाएं रहती हैं। परन्तु, अल्पमत के नाम पर, अल्पमतों का संरक्षण करते रहना एवं उनकी

तुष्टि करते रहना भी बहुत खतरनाक होता है। अल्पमतों का भी अपने समाज एवं राष्ट्र के प्रति कुछ दायित्व होता है। प्रायः इस दायित्व को भुला दिया जाता है। अनेक देशों का विभाजन अल्पमतों के पृथक्तावादी दुराग्रह के ही कारण हुआ है। मिल का आनुपातिक प्रतिनिधित्व का सुझाव छोटे-छोटे दलों एवं समूहों को प्रोत्साहित करता है। इससे असन्तुलित एवं विकृत दल पद्धति के विकास को बल मिलता है जो लोकतंत्र के लिए घातक है। इसके अतिरिक्त, मिल एक खास बात तो भूल ही जाता है। लोकतंत्र एक खुली व्यवस्था होती है, इसमें शासन पर प्रेस एवं प्रदर्शनों के इतने दबाव होते हैं, कि कोई भी बहुमत तानाशाही का स्वप्न देख ही नहीं सकता। जिस बहुमत की तानाशाही से मिल लोकतंत्र को बचाना चाहता है, वह काल्पनिक अधिक और व्यावहारिक कम है। इसलिए, इस सम्बन्ध में मिल की सारी बौद्धिक कसरत बेमानी-सी लगती है।

मिल कहता है, संसद् सदस्यों को वेतन नहीं दिया जाना चाहिए। उन्हें चाहिए कि वे शासन का कार्य समाज सेवा के रूप में करें। परन्तु, मिल के इस विचार को न तो उस जमाने में किसी ने पसंद किया और न आज ही इसे कोई स्वीकार करेगा। क्योंकि आज एक सांसद के लिए यह सम्भव ही नहीं है कि सांसद रहकर वह कोई अन्य कार्य करे। सांसद का कार्य ही पूर्णकालिक कार्य है। उसे अपने क्षेत्रों में घूम-घूमकर जन-समस्याओं को समझना होता है, राष्ट्रीय विषयों पर जानकारी के लिए अध्ययन करना होता है, संसद् में प्रश्नों एवं भाषणों के लिए 'होम वर्क' करना होता है। यदि उसे वेतन नहीं मिला तो वह अपनी आजीविका चलाएगा कहां से ?

मिल द्वारा कही गई खुले मतदान की बात भी नहीं मानी गई। काश, लोग वास्तव में इतने अच्छे होते जितना कि मिल उन्हें समझता था। जब गुप्त मतदान में ही इतनी धांधलियां होती हैं, तो खुले मतदान में तो अपने अधिकार का प्रयोग करना ही असम्भव हो जाएगा।

और सर्वाधिक आपत्तिजनक है मिल की इस पुस्तक का अंतिम अध्याय। इसका शीर्षक है—'उपनिवेशों का शासन'। इसमें मिल महोदय

यह बताते हैं कि अधीनस्थ प्रदेशों पर शासन किस प्रकार किया जाना चाहिए। यह अध्याय अपने-आप में ही आपत्तिजनक है, क्योंकि मिल उपनिवेशों की स्वतंत्रता की बात नहीं करता, बल्कि उनको बनाए रखने के उपाय बताता है। असल में, प्रत्येक विचारक अपने समय की सन्तान होता है। प्लेटो और अरस्तू बहुत मौलिक एवं महान् होते हुए भी, नगर राज्य की सीमाओं के पार कभी नहीं उड़ पाए। मेकियावली का 'प्रिन्स' तो एक टूटे-फूटे और भ्रष्ट इटली की ही सन्तान था। पूंजीवाद का दुश्मन कार्ल मार्क्स स्वयं पूंजीवादी युग की देन था। इसी तरह मिल, ब्रिटिश साम्राज्यवाद की ही देन था। स्वतंत्रता पर एक जोरदार ग्रन्थ लिखने वाला मिल, बार-बार समानता की दुहाई देने वाला मिल, नारी उत्थान का शंखनाद करने वाला मिल, यह कहने में शर्म भी महसूस नहीं करता कि कुछ राज्य दूसरों पर शासन करने के लिए होते हैं और कुछ शासित होने के लिए। कम विकसित राज्य, कम जागरूक एवं प्रमादी राज्य स्वयं यह चाहते हैं कि कोई दूसरा उन पर शासन करे, उन्हें सभ्य बनाए, उनकी व्यवस्था चलाए। मिल भारत को भी इसी श्रेणी में रखता है। लेकिन, यहां भी मिल के पेट में एक उदारता उछलती रहती है और उससे प्रभावित होकर मिल यह कहता है कि अधीनस्थ राज्यों को स्वायत्तता दी जानी चाहिए, उन्हें शासन में अधिक-से-अधिक सहभागिता देनी चाहिए, उन्हें धीरे-धीरे लोकतंत्र के मार्ग पर ले आना चाहिए। 'अर्द्ध जंगली' लोगों को सभ्य बनाना चाहता था मिल। मिल कहता है कि हमारे लिए यही भाग्य की बात होगी कि दो-तीन पीढ़ियों के बाद भारत के लोग स्वशासन के योग्य हो जाएंगे। मिल के इन मूर्खतापूर्ण विचारों के लिए उसे कभी क्षमा नहीं किया जा सकता।

लेकिन इसका यह मतलब नहीं कि मिल के लोकतंत्र-सम्बन्धी बाकी विचारों को भी कचरे की टोकरी में फेंक दिया जाए। सत्य यह है कि मिल ने लोकतंत्र को एक बेहतर शासन व्यवस्था बनाने के लिए जो सुझाव दिए थे, उनमें से कई बहुत उपयोगी थे। मिल द्वारा महिलाओं को मत देने के अधिकार के लिए चलाया गया अभियान सही था। संसार के सभी लोक-तंत्रों में इसे अपनाया गया। इसी तरह, मिल की यह बात भी मान ली

गई कि शासन में अल्पमतों का उचित प्रतिनिधित्व होना ही चाहिए। कई राज्यों में आनुपातिक पद्धति के आधार पर चुनाव होते हैं, इसका काफी हद तक श्रेय मिल को ही दिया जाना चाहिए। मिल का यह विचार तो सारी दुनिया में विचारणीय माना गया कि कानून बनाने का कार्य केवल सांसदों पर नहीं छोड़ा जा सकता। सभी सांसद इसके योग्य नहीं होते, इसलिए इस कार्य को विशिष्ट योग्यता वाले व्यक्तियों को ही सौंपा जाना चाहिए। समिति प्रथा का विकास इसी के परिणामस्वरूप हुआ है, लेकिन मिल ने सबसे महत्त्वपूर्ण बात यह कही कि लोकतांत्रिक शासन पद्धति चाहे कितनी ही अच्छी हो, उसकी सफलता इस बात पर निर्मर करती है कि उस समाज के लोग कैसे हैं ? लोकतंत्र का चलना या न चलना उन लोगों के चरित्र, उनकी आदतों एवं उनके सोच पर निर्भर करता है। आधुनिक 'सिविक पोलिटिकल कल्चर' की अवधारणा के अंकुर मिल के 'प्रतिनिधि शासन' में ढूंढे जा सकते हैं।

एक बुर्जुआ और उपनिवेशवादी दौर में पलने और सोचने वाले जॉन स्टूअर्ट मिल से यह उम्मीद तो नहीं थी कि वह कोई क्रांतिकारी विचार प्रतिपादित करता। उसने राजनीतिक व्यवस्था की किसी नई इमारत का खाका प्रस्तुत नहीं किया, पुरानी इमारत में ही पैबंद लगाने के सुभाव दिए। उन पर धीरे-धीरे अमल होता रहा। यह कोई मामूली उपलब्धि तो नहीं है।

स्वतंत्रता

विद्वानों की विश्व महफिल में यदि आज भी जॉन स्टूअर्ट मिल को सम्मानपूर्वक याद किया जाता है, तो इसका मुख्य कारण है उसकी पुस्तक 'ऑन लिबर्टी'। स्वतंत्रता पर लिखा गया यह निबन्ध अपने जमाने का सर्वाधिक लोकप्रिय एवं चर्चित निबन्ध माना गया। स्वतंत्रता की अवधारणा को पूरी तरह समर्पित अपनी तरह की यह पहली पुस्तक थी। इसमें स्वतंत्रता का प्रतिपादन, विश्लेषण एवं चित्रण धाराप्रवाह भाषा में और तार्किक शैली में किया गया। मिल की लिबर्टी के बारे में कहा जाता है कि यह सभी तरह के निरंकुशवाद के विरुद्ध एक घोषणापत्र है। इस पुस्तक की तुलना मिल्टन की 'एरोपेगिटिका' से की जाती है। यह माना जाता है कि यह पुस्तक सामाजिक एवं राजनीतिक स्वतंत्रता पर सर्वाधिक तार्किक एवं मुखर पुस्तक है, इसीलिए मिल की लिबर्टी को विश्व के राजनीतिक साहित्य की सर्वश्रेष्ठ कृतियों में माना जाता है।

जब मिल ने स्वतंत्रता-सम्बन्धी विचार व्यक्त करने आरम्भ किए, तो लोगों ने कहा आप तो उपयोगितावादी हैं। उपयोगितावाद और व्यक्ति की स्वतंत्रता में तालमेल कैसा ?

मिल का उत्तर था, सुख प्राप्त करने में और स्वतंत्रता का उपभोग करने में कोई विरोध नहीं है। मिल ने यह भी कहा कि उपयोगितावाद संकुचित नहीं व्यापक होना चाहिए। मिल ने लिखा, 'मैं सभी नैतिक प्रश्नों पर उपयोगितावाद को अंतिम अपील मानता हूं, परन्तु उपयोगिता व्यापक अर्थों में होनी चाहिए

जो प्रगति करते हुए मनुष्य के स्थायी हितों पर आधारित हो।'

लोगों को चाहे कुछ भी लगा हो, परन्तु मिल को उपयोगिता एवं व्यक्ति की स्वतंत्रता में कोई विरोध नहीं लगा।

स्वतंत्रता के पक्ष में विचार करते समय सबसे पहले यह बताना आवश्यक था कि स्वतंत्रता क्यों आवश्यक है ? खास तौर से एक ऐसे समाज में, जो लोकतांत्रिक है, जहां जनता के चुने हुए प्रतिनिधि ही कानून बनाते हैं, वहां उन कानूनों के विरुद्ध संरक्षण एवं चेतावनी की आवश्यकता क्या है ? इस सम्बन्ध में मिल ने बहुत ही प्रभावशाली दलील देते हुए कहा :

> एक स्वतंत्र राज्य में जो लोग शक्ति का प्रयोग करते हैं, वह वे लोग नहीं होते जिन पर वह शक्ति प्रयुक्त होती है। और लोकतंत्र में प्रत्येक का अपने ऊपर शासन नहीं, बल्कि प्रत्येक पर शेष सबका शासन होता है।... व्यक्तियों के ऊपर सरकार की शक्तियों की सीमा का महत्त्व इसलिए कम नहीं हो सकता कि शासक गण नियंत्रित रूप से समाज के प्रति उत्तरदायी हैं। अब राजनीतिक क्षेत्र में बहुमत से अत्याचार जैसी बुराई से अपनी रक्षा करना आवश्यक है।

लोकतंत्र में निर्वाचित हो जाने पर जनप्रतिनिधियों का एक अलग समूह, एक अलग वर्ग बन जाता है। यह शासक वर्ग, शासित वर्ग से भिन्न होता है। इसलिए शासक वर्ग को जनप्रतिनिधित्व के नाम पर निरंकुश नहीं छोड़ा जा सकता। इन्हें इस बात की इजाज़त नहीं दी जा सकती कि वे व्यक्ति की स्वतंत्रता का हनन करें।

उल्लेखनीय है कि बैन्थम के उपयोगितावादी आन्दोलन के प्रभाव के कारण ब्रिटेन में 'अधिकतम व्यक्तियों के अधिकतम हित' के सिद्धान्त के आधार पर अनेक सुधारवादी कानून बनने लगे थे। इन कानूनों के परिणामस्वरूप जहां श्रमिकों, असहाय व्यक्तियों, स्त्रियों, बच्चों के हित के कई उपाय किए गए थे, वहीं व्यक्तियों की स्वतंत्रताओं पर कई मर्यादाएं भी लगी थीं। ब्रिटेन में एक बहस चल पड़ी थी–व्यक्ति या राज्य। कौन साध्य है, कौन साधन ? कौन अधिक महत्त्वपूर्ण है ? कौन किसके लिए है ? इस बहस में सर्वाधिक महत्त्वपूर्ण मुद्दा था, व्यक्ति की स्वतंत्रता।

मिल ने इस बहस में भाग लेते हुए घोषणा की :

> समाज व्यक्ति के आचरण के केवल उसी भाग का नियंत्रण कर सकता है, जो दूसरे से सम्बन्धित हो। अपने-आप का, अपने शरीर का तथा अपने मस्तिष्क का व्यक्ति स्वयं स्वामी है।

मिल का कहना था कि स्वतंत्रता व्यक्ति के व्यक्तित्व के विकास के लिए अत्यन्त आवश्यक है। स्वतंत्रता समाज के विकास एवं प्रगति के लिए भी आवश्यक है। मिल का तर्क था कि यूरोप की प्रगति का रहस्य ही स्वतंत्रता है। यूरोप में हर व्यक्ति को अपना मार्ग चुनने की स्वतंत्रता रही है। इसीसे समाज में विविधता रही है। यह विविधता ही उसे शक्ति देती रही और उसके आगे बढ़ने का मार्ग प्रशस्त करती रही। अपनी पुस्तक के तीसरे अध्याय में मिल ने लिखा :

> आखिर वह क्या बात है जिसने यूरोप को अब तक सुरक्षित बनाए रखा है ? वह कौन-सी बात है जिसने यूरोपीय राष्ट्रों के परिवार को मानव जाति के एक स्थिर हिस्से की बजाय एक गतिशील भाग बनाए रखा है ? किसी उच्च श्रेष्ठत्व ने नहीं। जो यदि है, तो एक परिणाम के रूप में है, कारण के रूप में नहीं है। ...मेरे विचार में अपनी प्रगति एवं बहुमुखी विकास के लिए यूरोप रास्तों की बहुलता का ऋणी है।

मिल ने कहा कि लोकतंत्रात्मक शासन जनप्रतिनिधियों का शासन होता है, इसका यह अर्थ नहीं कि उस पर कोई अंकुश नहीं होना चाहिए। लोकतंत्र में सदा इस बात का खतरा बना रहता है कि बहुमत कहीं अधिनायकवादी न हो जाए। इसलिए यह और भी आवश्यक है कि बहुमत की तानाशाही पर अंकुश लगाया जाना चाहिए। केवल शासन पर ही नहीं, बल्कि समाज की निरंकुशता पर भी नियंत्रण करना अत्यन्त आवश्यक है। मिल के शब्दों में बुरे शासन पर ही नहीं, अच्छे शासन पर भी अंकुश लगाना आवश्यक है, और उससे ज्यादा आवश्यक है समाज के अधिनायकत्व पर अंकुश लगाना :

> अन्य तानाशाहियों की तरह बहुमत की तानाशाही भी

एक अत्यन्त खतरनाक तानाशाही है, क्योंकि यह लोकसत्ताओं द्वारा प्रयुक्त की जाती है। व्यक्तियों द्वारा अवश्य समाज बनता है, परन्तु अकेले व्यक्तियों पर समाज तानाशाही कर सकता है और समाज राजनीतिक क्रियाकलापों के अतिरिक्त अन्य माध्यमों से यह निरंकुशता कर सकता है। समाज अपने आदेशों का अनुपालन कर सकता है और करता है। और यदि यह सही के स्थान पर गलत आदेश प्रसारित करता है तो यह राजनीतिक निरंकुशता की तुलना में अधिक खतरनाक सामाजिक निरंकुशता होती है। क्योंकि यद्यपि, सामाजिक निरंकुशता राजनीतिक निरंकुशता की तरह उतने कठोर दंड नहीं देती, तथापि वह व्यक्ति को चारों ओर से ऐसा घेरती है कि उसे भागने का कोई उपाय ही नहीं सूझता और वह मनुष्य की आत्मा को भी गुलाम बना देती है।... व्यक्ति की स्वाधीनता में सामूहिक औचित्यपूर्ण हस्तक्षेप की एक सीमा होती है, और उस सीमा को ज्ञात करना और उसे अतिक्रमण के विरुद्ध बनाए रखना अत्यन्त आवश्यक है। राजनीतिक निरंकुशवाद के विरुद्ध सुरक्षा की दृष्टि से एवं मानव जीवन की आवश्यक शर्त के लिए यह बहुत जरूरी है।

इस प्रकार, मिल ने जोरदार तरीके से कहा कि स्वतंत्रता मनुष्य के लिए आवश्यक है, समाज के लिए आवश्यक है। स्वतंत्रता व्यक्ति के व्यक्तित्व के विकास के लिए आवश्यक है और समाज के उत्थान के लिए आवश्यक है। लोकतंत्र में बहुमत की तानाशाही से और समाज की निरंकुशता से बचने के लिए स्वतंत्रता बहुत ही जरूरी है।

स्वतंत्रता की आवश्यकता का सशक्त प्रतिपादन करने के पश्चात् जॉन स्टूअर्ट मिल स्वतंत्रता को दो भागों में बांट देता है। यह है– विचारों की स्वतंत्रता तथा कार्यों की स्वतंत्रता।

जहां तक विचारों की स्वतंत्रता का प्रश्न है, मिल मानता है कि किसी भी सूरत में विचारों की स्वतंत्रता पर कोई प्रतिबंध नहीं होना चाहिए। विचारों की अभिव्यक्ति उन्मुक्त हो। यदि सारा समाज एक

ओर तथा एक अकेला व्यक्ति दूसरी ओर हो तो भी उस अकेले व्यक्ति को उसके विचार व्यक्त करने से नहीं रोका जाना चाहिए। मिल के शब्दों में :

> यदि एक व्यक्ति को छोड़कर सम्पूर्ण मानवजाति का मत एक हो तो भी मानव जाति को उस एक व्यक्ति को बलपूर्वक चुप कराने का कोई अधिकार नहीं है। जैसे कि यदि उस एक व्यक्ति के पास शक्ति होती, तो उसे मानव जाति को चुप कराने का अधिकार नहीं होता।

मिल मानता है कि सामान्यतः समाज परम्परावादी एवं रूढ़िवादी होता है। वह नए विचार सुनना पसंद ही नहीं करता। प्रायः नए विचार सुनकर वह चौंकता है। उसे नए विचार बेसुरे प्रतीत होते हैं। परन्तु, समाज का यह मानना कि वह जो कुछ सोचता है, वही सही है और वही सत्य है, ठीक नहीं है। मिल ने कहा, जब कोई अकेला व्यक्ति सारे समाज से पूरी तरह अलग कोई बात बोलता है, तब तीन सम्भावनाएं होती हैं। पहली यह कि, हो सकता है कि वह व्यक्ति वास्तव में गलत हो। यदि वह व्यक्ति वास्तव में गलत हो तो भी, उसे उसकी बात कहने दिया जाना चाहिए, क्योंकि तभी यह पता लग सकता है कि सत्य क्या है और असत्य क्या है। यदि वह व्यक्ति गलत है, तो समाज की सही बात और अधिक निखरकर सामने आएगी। दूसरी सम्भावना यह है कि हो सकता है कि वह व्यक्ति सही हो। ऐसी स्थिति में तो यह और भी आवश्यक है कि उस व्यक्ति को अपनी बात कहने दी जाए। और तीसरी सम्भावना यह है कि हो सकता है कि आंशिक रूप से वह व्यक्ति सही हो और आंशिक रूप से समाज सही हो। कुछ बात उस व्यक्ति की ठीक हो और कुछ बात समाज की ठीक हो। इस स्थिति में भी व्यक्ति को उसकी बात कहने देना आवश्यक है। अतः तीनों सम्भावनाओं में उचित यही है कि व्यक्ति को हर हालत में उसकी बात कहने दी जाए। मिल ने बहुत सुन्दर शब्दों में कहा, 'मानव जाति को बार-बार यह बताने की आवश्यकता नहीं है कि किसी जमाने में यूनान में सुकरात नाम का एक व्यक्ति हुआ था, जिसके विचार समाज के अधिकांश व्यक्तियों के विचारों से भिन्न थे और समाज के

ठेकेदारों ने सुकरात को उसके भिन्न विचारों के कारण विषपान का दंड दिया था, जबकि सचाई यह है कि उन व्यक्तियों के विचार गलत और सुकरात के विचार सही थे।' मिल ने धाराप्रवाह भाषा में इसी तर्क को आगे बढ़ाते हुए कहा, 'मानव जाति को बार-बार यह याद दिलाने की आवश्यकता नहीं है कि येरूसलम में जीसस क्राइस्ट को समाज ने सूली पर चढ़ा दिया था, क्योंकि वह समाज द्वारा मान्य विचारों के विरुद्ध विचार व्यक्त करता था, परन्तु इतिहास साक्षी है कि उस व्यक्ति जीसस के विचार उसे सूली पर चढ़ाने वाले लोगों के विचारों से अच्छे थे।' इसीलिए मिल ने आग्रह किया :

> विचार की अभिव्यक्ति को रोकने का एक विलक्षण दोष यह है कि ऐसा करना मानव जाति को, आने वाली तथा वर्तमान नस्लों को लूटना है।···क्या मानव जाति कभी इस बात को भूल सकती है कि किसी जमाने में सुकरात नाम का एक व्यक्ति था, जिसकी राज्याधिकारियों से स्मरणीय टक्कर हुई थी ?

कई बार समाज कुछ नए एवं अद्भुत विचार रखने वाले मनुष्यों को झक्की या सनकी समझता है। उनके विचारों एवं व्यक्तित्व का तिरस्कार एवं अपमान करता है। जबकि सत्य यह है कि हर मौलिक चिंतक, समाज सुधारक पहले जो नई बात कहता है उसे सुनकर समाज चौंकता ही है। हर चिंतक एवं समाज सुधारक को पहले सनकी एवं खब्ती समझा जाता है, परन्तु सत्य यह है कि इन्हीं सनकियों एवं खब्तियों ने मानव जाति के विकास में अत्यन्त महत्त्वपूर्ण योगदान दिया है। इसलिए मिल कहता है कि इन तथाकथित सनकियों को भी उनके विचार व्यक्त करने दो। मिल ने कहा, कोई भी समाज जिसमें सनकीपन, मजाक एवं तिरस्कार का विषय न हो, पूर्ण समाज नहीं हो सकता।'

अतः जहां तक विचारों की अभिव्यक्ति की स्वतंत्रता का प्रश्न है, जॉन स्टूअर्ट मिल उन पर कोई अंकुश लगाने के पक्ष में नहीं है। उसकी स्पष्ट मान्यता है कि विचारों को खिलने दो, उन्हें अभिव्यक्त होने दो, उन्हें जंजीरों में मत बांधो। विचार मानव समाज के विकास, उसकी

प्रगति के आवश्यक प्रेरणा स्रोत हैं। शासन एवं समाज का विचारों पर कोई बन्धन नहीं होना चाहिए।

स्वतंत्रता का दूसरा पक्ष है, कार्यों की स्वतंत्रता। प्रश्न है, जिस तरह विचारों की स्वतंत्रता पर कोई अंकुश नहीं होना चाहिए, उसी तरह क्या कार्यों की स्वतंत्रता पर भी कोई बन्धन नहीं होना चाहिए ? क्या व्यक्ति के कार्यों पर भी शासन और समाज का कोई अंकुश नहीं होना चाहिए ? क्या व्यक्ति को अथवा व्यक्तियों को किसी भी प्रकार का कार्य करने की छूट होनी चाहिए ?

इन प्रश्नों का उत्तर देने से पूर्व मिल व्यक्ति कार्यों को दो भागों में बांटता है। पहला, स्व-सम्बन्धी कार्य और दूसरा पर-सम्बन्धी कार्य।

स्व-सम्बन्धी कार्य वे हैं जिनका सम्बन्ध केवल उस कार्य करने वाले व्यक्ति से होता है। जैसे, भोजन करना, कपड़े पहनना। कोई व्यक्ति क्या खाए, इससे समाज के व्यक्ति सम्बन्धित नहीं हैं। वह चावल खाए, या पराठे; शाकाहारी हो या मांसाहारी इससे समाज को कोई फर्क नहीं पड़ता।

कोई व्यक्ति क्या पहने, इससे समाज सम्बन्धित नहीं होता। वह सफारी सूट पहने या धोती-कुर्ता, इससे समाज को कोई फर्क नहीं पड़ता। वह सिगरेट पीता है या बीड़ी यह उसका निजी कार्य है। जहां तक निजी कार्यों अथवा स्व-सम्बन्धी कार्यों का सम्बन्ध है, मिल मानता है कि उन कार्यों को समाज अथवा शासन को किसी भी प्रकार से नियंत्रित करने का कोई अधिकार नहीं है।

मिल का तर्क है कि यदि व्यक्ति स्व-सम्बन्धी कार्यों को अपने ढंग से करता है, तो एक नवीनता का, विभिन्नता का प्रतिपादन करता है। यह निजत्व, यह नवीनता, यह मौलिकता मानव जीवन का सौन्दर्य है। इसके बिना मानव जीवन सूना, वीरान और नीरस हो जाएगा। व्यक्ति को स्व-सम्बन्धी कार्यों की स्वतंत्रता न देना उसे पशु बनाने के समान है। मिल के शब्दों में :

> मेरा यह आग्रह है कि व्यक्ति के चरित्र, आचरण और

> व्यवहार के उस अंश के सम्बन्ध में, जिसका प्रभाव केवल उसी पर पड़ता है और जिसका दूसरों से सम्बन्ध नहीं है ̈ उसके लिए उसे किसी प्रकार का दंड नहीं दिया जाना चाहिए। अर्थात्, उसे इस क्षेत्र में पूरी स्वतंत्रता मिलनी चाहिए।

परन्तु जहां तक पर-सम्बन्धी कार्यों का प्रश्न है, स्थिति जरा भिन्न है। पर-सम्बन्धी कार्य वे कार्य हैं, जिनका सम्बन्ध दूसरे व्यक्तियों से है या जिनका सम्बन्ध समाज से है। यह वे कार्य हैं, जो समाज को प्रभावित करते हैं। जैसे सड़क पर कार चलाना। जरा-सी गफलत किसी व्यक्ति के प्राण ले सकती है। मिल का कहना है कि जहां तक पर-सम्बन्धी कार्यों का प्रश्न है, यदि यह कार्य अन्य व्यक्तियों की सुरक्षा या अस्तित्व को खतरा पहुंचाते हों, तो इन पर रोक लगाई जा सकती है। अन्यथा नहीं। व्यक्ति के उन पर-सम्बन्धी कार्यों को सीमित या प्रतिबन्धित किया जा सकता है, जिनसे दूसरे व्यक्तियों की स्वतंत्रता या अस्तित्व खतरे में पड़ते हों। मिल ने कहा :

> मानव जाति व्यक्तिगत या सामूहिक रूय से अपने किसी एक घटक की स्वतंत्रता में हस्तक्षेप केवल एक बात के लिए कर सकती है, और वह है आत्मरक्षा। सभ्य समाज के किसी भी घटक के विरुद्ध शक्ति का प्रयोग केवल एक उद्देश्य के लिए उचित हो सकता है और वह है उसे दूसरों को हानि पहुंचाने से रोकना।

इस प्रकार कार्यों की स्वतंत्रता के सम्बन्ध में भी मिल का स्पष्ट मत था कि व्यक्ति के उन कार्यों को सीमित करने का कोई औचित्य नहीं है, जो दूसरों को हानि न पहुंचाते हों। यदि व्यक्ति के पर-सम्बन्धी कार्यों से समाज का कोई अहित न हो रहा हो तो उसके सम्बन्ध में व्यक्ति पर और उसके कार्यों पर कोई अंकुश नहीं होना चाहिए, किन्तु यदि व्यक्ति के पर-सम्बन्धी कार्यों से समाज का अहित होता हो, अन्य व्यक्तियों की स्वतंत्रता छिनती हो तो राज्य उन कार्यों को बाधित कर सकता है। इस सम्बन्ध में सिद्धान्त यह है, 'व्यक्ति के जिस आचरण एवं व्यवहार से समाज पर प्रभाव पड़ता है, उस आचरण एवं व्यवहार पर समाज का अधिकार होना

चाहिए।'

दूसरे शब्दों में, समाज केवल आत्मरक्षा के लिए ही व्यक्ति की स्वतंत्रताओं पर अंकुश लगा सकता है। वह भी केवल पर-सम्बन्धी कार्यों पर। आत्मरक्षा के अतिरिक्त समाज को स्वतंत्रता को सीमित करने का और कोई अधिकार नहीं है।

हां, एक बात और है। जॉन स्टूअर्ट मिल, जातीय स्वाभिमान से पीड़ित मिल, यह मानता है कि कुछ जातियां असभ्य व अशिक्षित हैं। वे स्वतंत्रता का मूल्य एवं महत्त्व नहीं जानतीं। मिल के अनुसार, इन जातियों को पूर्ण स्वतंत्रता का अधिकार नहीं दिया जा सकता। यदि उन्हें स्वतंत्रता दे भी दी जाए, तो वे उसका उपयोग कैसे करना है, यह भी नहीं जान पाएंगे। अतः, स्वतंत्रता केवल सभ्य जातियों एवं सभ्य समाजों का ही अलंकरण है।

और आखिर में, मिल अपनी स्वतंत्रता-सम्बन्धी पुस्तक का समापन एक जोरदार तर्क से करता है। मिल कहता है कि प्रत्येक शासन वास्तव में अधिकारी तंत्र द्वारा ही संचालित होता है। रूस का तानाशाह किसी अधिकारी को साइबेरिया तो भेज सकता है, परन्तु अधिकारियों के बिना वह शासन नहीं कर सकता। यहां तक कि ज़ार का अधिनायकत्व भी अधिकारियों के दम पर ही टिका हुआ है। ज़ार के प्रत्येक आदेश को अधिकारी अपनी अनिच्छा के द्वारा वीटो कर सकते हैं। इसलिए, इन अधिकारियों के माध्यम से काम कराने की अपेक्षा यह अधिक अच्छा है, कि व्यक्तियों को स्वयं काम करने के लिए स्वतंत्र छोड़ दिया जाए। यह सोचना गलत है कि सारी योग्यता शासन में समा जाने से बहुत अच्छे काम होने लगेंगे। अधिकारी बन जाने पर नियमों-उपनियमों के बन्धनों में जकड़े व्यक्ति अपनी योग्यता एवं क्षमता भी खो बैठते हैं। इसलिए सब काम आसन पर मत छोड़ो। शासन के बाहर बहुत-से योग्य व्यक्ति हैं, उन्हें भी काम करने दो। उनकी स्वतंत्रता पर वन्धन मत लगाओ। मिल ने कहा :

> किसी राज्य का मूल्य, एक लम्बी अवधि में, उसके व्यक्तियों पर ही निर्भर करता है। और एक राज्य जो अपने व्यक्तियों के

बौद्धिक विकास एवं उत्थान को थोड़ी प्रशासनिक क्षमता की खातिर नष्ट कर देता है; एक राज्य जो अपने व्यक्तियों को राज्य के हाथों का, चाहे अच्छे कामों के लिए ही सही, उपकरण बनाने के लिए, बौना बना देता है; उस राज्य को यह समझ में आ जाएगा कि छोटे लोग कभी बड़ी उपलब्धि आर्जित नहीं कर सकते।

मिल मानता है कि उस अपरिमित शक्ति को, जो समूचे तंत्र को चलाने के लिए निहायत जरूरी है, अधिकारी तंत्र का पुर्जा बनाकर नष्ट न किया जाए।

मिल का मन्तव्य है कि अधिकारी तंत्र के शिकंजे से व्यक्ति की रक्षा के लिए तथा अधिकारी तंत्र के बाहर योग्य व्यक्तियों के श्रेष्ठ कामों को करने देने के लिए, व्यक्ति को स्वतंत्रता दी जाए। किसी भी समाज के विकास, उत्थान एवं प्रगति की आवश्यक शर्त है, स्वतंत्रता। विचार और अभिव्यक्ति की स्वतंत्रता, जिस पर कोई बन्धन न हो। और कार्यों की स्वतंत्रता, जिस पर केवल तभी अंकुश लगाया जाए, जब वह दूसरे व्यक्तियों को हानि पहुंचाए।

मिल की स्वतंत्रता की अवधारणा निस्सन्देह अपने-आप में काफी सशक्त अवधारणा थी। परन्तु, यदि इसका तार्किक ढंग से अथवा बारीकी से विश्लेषण किया जाए, तो मिल की स्वतंत्रता धीरे-धीरे काफूर की तरह उड़ने लगती है। बारकर ने तो लिखा हैं, 'मिल खोखली स्वतंत्रता एवं काल्पनिक व्यक्ति का मसीहा है।'

मिल ने सौ से ज्यादा पेज स्वतंत्रता पर लिख डाले। लेकिन, साफ-साफ दो टूक शब्दों में यह कहीं नहीं लिखा कि स्वतंत्रता आखिर है क्या ? मिल ने व्यक्ति और राज्य के संघर्ष का तो वर्णन किया, स्वतंत्रता के महत्त्व पर भी बल दिया, परन्तु यह कहीं भी जोर देकर नहीं कहा कि स्वतंत्रता होती क्या है ? उसकी 'स्वतंत्रता' पढ़ने पर यह अवश्य लगता है कि मिल राज्य के नियंत्रण के अभाव को स्वतंत्रता मानता है, परन्तु 'राज्य के नियंत्रण का अभाव' तो एक निषेधात्मक परिकल्पना

है। उसकी तुलना में तो ग्रीन अधिक रचनात्मक है। तो भी, मिल जैसे 'परिभाषा-प्रेमी' विचारक को पहले तो स्वतंत्रता को परिभाषित करने का प्रयास करना चाहिए था, जो कि उसने नहीं किया।

मिल राज्य और व्यक्ति के संघर्ष में जिस व्यक्ति के विजयी होने की कामना करता है,वह व्यक्ति तो, आलोचकों के अनुसार, कोरा एवं कागजी व्यक्ति है। वह तो एक काल्पनिक व्यक्ति है। मिल ने व्यक्ति के कार्यों को दो भागों में बांटा है–स्व-सम्बन्धी कार्य और पर-सम्बन्धी कार्य, परन्तु यदि गौर से देखा जाए तो व्यक्ति के कार्यों को दो डिब्बों में बन्द नहीं किया जा सकता। यद्यपि मिल ने बहुत समझाने की कोशिश की कि किस तरह के कार्य स्व-सम्बन्धी कार्य हैं, और किस तरह के कार्य पर-सम्बन्धी कार्य हैं, तो भी बात पूरी तरह बनती नहीं। कपड़े पहनना न पहनना व्यक्ति का निजी कार्य है, परन्तु कपड़े न पहनकर सार्वजनिक स्थलों पर भटकना अश्लीलता भी कही जा सकती है। क्या इस पर कोई रोक नहीं लगाई जानी चाहिए ? कर्नाटक में एक विशेष पर्व पर नग्न महिलाओं का जुलूस निकाला जाता है, जो कि बीभत्स होता है। क्या इसे प्रतिबन्धित करना अनुचित है ? राजस्थान में कभी-कभी कोई महिला अपने पति की मृत्यु पर, उसके साथ ही सती हो जाती है। मिल इसे उस महिला का निजी कार्य निरूपित कर सकता है, परन्तु इसके साथ कितने ही सामाजिक मूल्य जुड़े हैं। क्या उस महिला को राज्य द्वारा सती होने से रोकना अनुचित है ? निश्चित रूप से राज्य को उसे सती होने से रोकना ही होगा। इसलिए, यही कहा जा सकता है कि व्यक्ति के कार्यों का निजी एवं सार्वजनिक, इन दो वर्गों में विभाजन सर्वथा अप्राकृतिक है। इसीलिए, मिल का व्यक्ति एक काल्पनिक व्यक्ति है। तभी तो बारकर, मिल को 'एक काल्पनिक व्यक्ति का मसीहा' मानता है।

मिल का कहना है कि यदि व्यक्ति ऐसे निजी कार्य करता है, जो उसके लिए ही घातक हों तो राज्य उसे मनाए, समझाए, परन्तु सताए नहीं, यह तर्क मिल ने विचारों की स्वतंत्रता के सम्बन्ध में भी दिया है। काश, स्थिति इतनी सरल होती ! यदि मनुष्य मनाने, समझाने और बहालाने से मान जाता, तो न राज्य में पुलिस की आवश्यकता होती और

न ही न्यायालयों की।

मिल मानता है कि विचारों और कार्यों में कोई सम्बन्ध नहीं होता। वह व्यक्ति को विचारों की अपरिमित स्वतंत्रता तो देता है, परन्तु कार्यों की अपरिमित स्वतंत्रता नहीं देता। जब कि विचारों का सीधा सम्बन्ध कार्यों से ही होता है। जब भारत में कोई व्यक्ति किसी मज़हबी या धार्मिक स्थल पर, साम्प्रदायिक उन्माद फैलाने वाले जोशीले और भड़कीले भाषण देता है, तो उसी के परिणामस्वरूप समाज में साम्प्रदायिक दंगे होते हैं। ऐसी स्थिति में क्या विचारों को कार्यों से पृथक् किया जा सकता है ? यदि कोई संस्था और उसके नेता भारत से किसी क्षेत्र को पृथक् करने के लिए हिंसा एवं आतंक को हथियार बनाने का आह्वान करते हैं, तो क्या उनको वह विचार व्यक्त करने की छूट दी जानी चाहिए ?

वास्तव में मिल ने व्यक्ति के कार्यों एवं उसके विचारों को अलग-अलग डिब्बों में बंद करने की जो कोशिश की, उससे मिल का व्यक्ति, नकली व्यक्ति बन गया, काल्पनिक व्यक्ति बन गया। साथ ही, मिल यह मूलभूत सत्य भूल गया कि विचारों का कार्यों से और कार्यों का विचारों से गहरा सम्बन्ध है। विचार कार्यों के मार्गदर्शक हैं, प्रेरणा के स्रोत हैं। विचार और अभिव्यक्ति की स्वतंत्रता भी, व्यापक राष्ट्रीय एवं मानवीय हित में एक अनुशासन की मांग करती है। जो विचार विनाश को आमंत्रण दे, उन पर अंकुश की कोई व्यवस्था तो होनी ही चाहिए। जो विचार मानव जाति के किसी भाग को समाप्त करने का आह्वान करे, उस पर कोई नियंत्रण तो होना ही चाहिए। मिल विचारों की जिस स्वतंत्रता की कल्पना करता है, वह तो संसार का कोई देश अपने नागरिकों को नहीं देता। ब्रिटेन भी नहीं, फ्रांस भी नहीं, संयुक्त राज्य अमेरिका भी नहीं।

लेकिन दूसरी ओर कुछ विद्वानों को मिल से यह शिकायत है कि वह अपने नागरिकों को कोई स्वतंत्रता प्रदान ही नहीं करता। उनका आरोप है कि मिल की स्वतंत्रता का सिद्धान्त वास्तव में एक निरंकुशवादी सिद्धान्त है। मिल कहता है कि राज्य व्यक्ति के उन कार्यों में यह कहकर बाधा उत्पन्न कर सकता है कि उन कार्यों से समाज की हानि हो सकती है। इस बहाने से तो राज्य, आलोचकों के अनुसार, व्यक्ति के किसी भी

कार्य में बाधा डाल सकता है। उदाहरणार्थ, भारत में शासन किसी भी भारतीय को कश्मीर में सम्पत्तिख रीदने से मना कर सकता है। वह राम कृष्ण मिशन के किसी संन्यासी को मिजोरम में आश्रम खोलने से यह कहकर रोक सकता है, कि इससे वहां के लोगों में अशांति फैल सकती है। दूसरे व्यक्ति के हितों पर कुठाराघात होगा, यह कहकर राज्य व्यक्ति के किसी भी कार्य में बाधा पहुंचा सकता है।

इस तरह देखा जाए तो मिल किसी व्यक्ति को कोई स्वतंत्रता देता ही नहीं। शासक वर्ग को किसी भी व्यक्ति का गला दबाने का सबसे अच्छा बहाना मिल स्वयं ही प्रदान करता है कि वह व्यक्ति समाज के व्यापक हित को चोट पहुंचा रहा है, इसलिए उसका गला दबाना बहुत जरूरी है। तभी तो बारकर कहता है, 'मिल खोखली स्वतंत्रता का चैम्पियन है।' लंकास्टर का तो कहना है कि मिल इस दृष्टि से तो हीगल एवं रूसो के बहुत समीप पहुंच जाता है और वह वास्तव में एक निरंकुशवादी राज्य का ही, परोक्ष रूप से समर्थन करता है। वेपर का तो आरोप है कि मिल आदर्शवाद की उस धारणा के काफी समीप पहुंच जाता है, कि व्यक्ति को बलात् स्वतंत्र किया जा सकता है।

मिल यह भी तो नहीं बताता है कि व्यक्ति के उन कार्यों को, जो दूसरों को हानि पहुंचाएं, कब रोका जाए ? कार्य होने से पहले या कार्य होने के बाद ? यदि कार्य होने से पहले ऐसे कार्यों को रोक दिया जाए; तो समस्या यह है कि किसी भी कार्य को यह कहकर रोक दिया जाएगा कि इससे अन्य व्यक्तियों को हानि पहुंचाई जा रही थी। और यदि कार्य होने के बाद उन्हें रोक दिया जाए, तो हानि हो जाने के बाद उन्हें रोकने से क्या मतलब ? हानि तो हो ही चुकी।

मिल की स्वतंत्रता के विरुद्ध सबसे बड़ा आरोप यह है कि स्वतंत्रता-सम्बन्धी उसके विचार जातिगत मिथ्याभिमान से परिपूर्ण हैं। मिल एक अंग्रेज था। भारत पर शासन करने वाली ईस्ट इंडिया कम्पनी का एक मुलाज़िम था। वह भी इस मिथ्या धारणा का शिकार था कि संसार में कुछ जातियां श्रेष्ठ होती हैं, बाकी सब हीन। वह भी इस मूर्खतापूर्ण श्वेत अहंकार की सन्तान था कि कुछ जातियां सभ्य होती हैं, कुछ असभ्य।

वह अंग्रेज 'ब्राह्मण' अन्तंराष्ट्रीय वर्ण व्यवस्था में विश्वास करता था। तभी तो वह कहता है कि पिछड़ी हुई एवं असभ्य जातियों को स्वतंत्रता नहीं दी जा सकती। स्वतंत्रता-सम्बन्धी मिल का यह दृष्टिकोण समानता के मूल सिद्धान्तों के विपरीत है। मिल कैसा दार्शनिक है, जो स्वतंत्रता का तो प्रतिपादन करता है और समानता का विरोध करता है !

बेशक, मिल के स्वतंत्रता-सम्बन्धी विचारों पर चारों ओर से प्रहार हुए। स्वतंत्रता के समर्थकों ने भी मिल की धुनाई की और निरंकुशवादियों ने भी मिल को उठा-उठाकर पटका। मिल पर यह आरोप भी लगाया गया कि वह व्यक्ति को कोई स्वतंत्रता नहीं देता और इस बात की भी आलोचना की गई कि वह व्यक्ति को बहुत अधिक स्वतंत्रता देता है। दोनों आरोप परस्पर विरोधी हैं। जाहिर है, दोनों आरोप सही नहीं हो सकते।

मिल के स्वतंत्रता-सम्बन्धी कुछ विचारों से असहमत होते हुए भी यह मानते हुए कि उसके स्वतंत्रता-सम्बन्धी विचारों में कहीं-कहीं अधूरापन और अस्पष्टता है, यह स्वीकार करना पड़ेगा कि उसने स्वतंत्रता का जो भावुकता-पूर्ण एवं विवेकपूर्ण प्रतिपादन किया है, वह अपने-आप में अनुपम है। मिल को चाहे बुर्जुआ विचारक मानकर साम्यवादी संसार उसका मज़ाक बनाता रहा हो, लेकिन सच यह है कि गोर्बाचेव के स्वतंत्रता-सम्बन्धी 'ग्लासनोस्त' में मिल की 'लिबर्टी' की अनुगूंज सुनाई देती है। सोवियत संघ के साथ- साथ पूर्वी यूरोप में स्वतंत्र विचारों की जो ताज़ा हवाएं बहीं, उनमें मिल की स्वतंत्रता की महक साफ-साफ बिखरी हुई महसूस की जा सकती है। ऐबेन्स्टीन के अनुसार, 'जैसे-जैसे समय बीतता जाता है, मिल की 'ऑन लिबर्टी' प्रतिष्ठा और महत्त्व में और महान् होती जाती है।'

उदारवाद

कार्ल मार्क्स ने 'पूंजी' के खंड एक के द्वितीय संस्करण में जॉन स्टूअर्ट मिल के राजनीतिक अर्थशास्त्र की धज्जियां उड़ाते हुए लिखा :

> 1848 में यूरोपीय महाद्वीप में जो क्रांति हुई, उसकी प्रतिक्रिया इंगलैंड में भी हुई। जो लोग अब भी वैज्ञानिक होने का दावा करते थे और शासक वर्ग के मात्र कुर्तकवादी दार्शनिकों तथा भाड़े के टट्टुओं से कुछ अधिक बनना चाहते थे, उन्होंने पूंजी के अर्थशास्त्र का सर्वहारा के उन दावों के साथ तालमेल बिठाने की कोशिश की, जिनकी अब अवहेलना नहीं की जा सकती थी। इससे एक छिछला समन्वयवाद आरम्भ हुआ, जिसके सबसे अच्छे प्रतिनिधि जॉन स्टूअर्ट मिल हैं। यह बुर्जुआ 'राजनीतिक अर्थशास्त्र के दिवालिएपन की घोषणा थी, जिस पर महान् रूसी विद्वान् एवं आलोचक चेर्निशेव्स्की ने अपनी रचना, 'मिल के अनुसार अर्थशास्त्र की रूपरेखा' में प्रकाश डाला।

कार्ल मार्क्स ने इन्हीं पृष्ठों पर यह भी लिखा कि मिल ने 'असंयोज्य का संयोजन' करने की गुस्ताखी की है।

मिल बुर्जुआ अथशास्त्र के दिवालिएपन का प्रतीक था या नहीं, उसने असंयोज्य का संयोजन करने की गुस्ताखी की या नहीं, इसका विवेचन तो हम बाद में करेंगे, परन्तु एक बात नोट की जाए, मिल एक ऐसा विचारक था, जिसकी उपेक्षा करना मार्क्स के लिए भी सम्भव नहीं था। मार्क्स ने 'पूंजी' में मिल की बार-बार पिटाई की यह इस बात का प्रमाण है कि मार्क्स

की नज़रों में भी मिल कोई गया-गुज़रा विचारक नहीं था। मिल का 'राजनीतिक अर्थशास्त्र' गलत हो सकता है, परन्तु वह महत्त्वहीन नहीं हो सकता।

मिल के आर्थिक विचारों की दास्तान बहुत लम्बी नहीं है। उसकी दिक्कत यह थी कि एक ओर तो वह व्यक्तिवादी था और दूसरी ओर वह समाजवादी विचारों से भी प्रभावित था। विशेष रूप से जव से उसके जीवन में श्रीमती टेलर आई थीं, मिल का चिंतन समाजवाद की ओर झुकने लगा था। नतीजा यह हुआ कि उसने व्यक्तिवाद को सभ्य और शिष्ट बनाने की कोशिश की। उसने व्यक्तिवाद और समाजवाद के बीच उदारवादी पुल बनाने का प्रयास किया। वह एडम स्मिथ और रिकार्डो के सिद्धान्तों की पुनर्व्याख्या करने लगा। मिल ने स्वयं मुक्त व्यापार के लिए सबसे पहले 'लेसे फेयर' के शब्द का प्रयोग किया। परन्तु, वह स्वयं, बाद के वर्षों में, मुक्त व्यापार को भी एक नया रूप देने लगा। ठीक उसी तरह, जिस तरह मिल उपयोगितावादी होकर भी, बैन्थम के उपयोगितावाद में संशोधन करता रहा, मिल ने व्यक्तिवादी शास्त्रीय सिद्धान्तों की नई व्याख्याएं करनी शुरू कीं। इसी स्थिति पर मार्क्स ने प्रहार किए थे। इसी पर टिप्पणी करते हुए एलेक्जेंडर ग्रे ने अपनी पुस्तक 'द डेवलपमेंट आफ इकानोमिक डॉक्ट्रिन' में लिखा :

> विभ्रमित श्रोता शंकालु दृष्टि से देख रहे थे कि क्या हो रहा है। यह वह समय था जब मुख्य थीम की पूरे आत्मविश्वास के साथ इस प्रकार पुनस्स्थापना की जाए, जिससे श्रोताओं को पूरा सात्त्विक सुख प्राप्त हो सके। मिल ने यही कार्य अपने हाथ में लिया। उसने रिकार्डो और माल्थस के मूल सिद्धान्तों की पुनर्व्याख्या की।

अर्थशास्त्र के पंडितों द्वारा यह माना जाता है किमिल ने नए आर्थिक सिद्धान्तों या दर्शन का प्रतिपादन नहीं किया बल्कि उसने केवल माल्थस एवं रिकार्डो के सिद्धान्तों की बदलते हुए परिवेश में पुनस्स्थापना की और पुनर्व्याख्या की।

मिल के चिन्तन में एक अन्तर्निहित विरोधाभास था। मिल स्वतंत्रता का पुजारी था। स्वतंत्रता के सम्बन्ध में उसके विचार किसी भावुक उन्मादी के विचार ही थे। वह व्यक्ति को विचार और अभिव्यक्ति की पूर्ण स्वतंत्रता प्रदान करना चाहता था। कोई बन्धन नहीं। कोई रोक नहीं। जहां तक कार्यों का सम्बन्ध है, उसमें भी वह व्यक्ति को व्यापक स्वतंत्रता देता है। केवल वे कार्य, जो दूसरों को हानि पहुंचाएं, उन्हें छोड़कर बाकी सभी कार्यों में मिल, व्यक्ति की स्वतंत्रता का पूर्ण समर्थक था। अब, यह कैसे सम्भव था कि मिल व्यक्ति को राजनीतिक स्वतंत्रता दे और दूसरी ओर वह उससे आर्थिक स्वतंत्रता छीन ले। यदि वह स्वतंत्रता का पुजारी है, यदि वह व्यक्ति को राजनीतिक स्वतंत्रता प्रदान करता है, तो यह भी आवश्यक है कि वह उसे आर्थिक स्वतंत्रता प्रदान करे। जबकि आर्थिक स्वतंत्रता का अर्थ था, लेसे फेयर, मुक्त व्यापार का समर्थन, पूंजीवाद का समर्थन। मिल ने यह किया भी। इसीलिए वह एडम स्मिथ, रिकार्डो एवं माल्थस का शिष्य कहलाया, परन्तु मिल तत्कालीन पूंजीवादी बुराइयों से भी खूब परिचित था। विलासिता एवं शोषण पर आधारित सभ्यता के दुष्परिणामों को उसने स्वयं देखा भी था। और, फिर, वह कोरा विचारक नहीं था। एक नैतिकतावादी चिंतक भी था। एक समाज सुधारक भी था। उसके जीवन में ही समाजवादी विचारों का प्रतिपादन हो चुका था। मिल किसी भी हालत में उनकी उपेक्षा नहीं करना चाहता था। अतः, मिल ने मध्यम मार्ग निकाला। उसने पूंजीवाद को उदार बनाने की कोशिश की। पूंजीवाद और समाजवाद के बीच एक सेतु स्थापित करने का प्रयास किया। परन्तु, यह एक कठिन काम था। इसीलिए मार्क्स ने कहा कि मिल 'असंयोज्य का संयोजन' करना चाहता था। जो चीज़ें जुड़ नहीं सकतीं, उन्हें जोड़ना चाहता है। जो घुल-मिल नहीं सकतीं, उन्हें मिलाना चाहता है। मिल के इसी उदारवादी चिन्तन पर दोनों ओर से लठ बरसाए गए। उसे साम्यवादियों ने भी धोया और पूंजीवादियों ने भी पीटा। मिल इस विसंगति को जानता था। किन्तु, क्या यह वास्तव में एक विसंगति थी ? एलेक्जेंडर ग्रे के शब्दों में :

> मिल की प्रसिद्धि इस बात पर टिकी है कि उसने अपने

> मिशन की पूर्ति में असाधारण प्रतिभा का परिचय दिया है। मिल के 'सिद्धान्तों' की उच्च नैतिक शैली उस युग की आवश्यताओं के सर्वथा अनुकूल थी तथा मिल की साहित्यिक क्षमता तो उसके पूर्ववर्ती विचारकों से काफी हद तक अलग ही थी। परिणाम यह हुआ कि मिल ने अपने 'सिद्धान्तों' के माध्यम से दो पीढ़ियों को अर्थशास्त्र पढ़ाया।

यानी मिल ने असम्भव को सम्भव बनाने का जो प्रयास किया उसकी केवल आलोचना ही नहीं हुई, प्रशंसा भी हुई। मिल की पुस्तक 'प्रिंसिपल्स ऑफ पोलिटिकल इकानॉमी' का प्रभाव वर्षों तक ब्रिटेन और उसके बाहर के अर्थशास्त्रियों पर छाया रहा। इसका प्रमाण है, लन्दन स्कूल ऑफ इकानॉमिक्स में लगी मिल की वह प्रतिमा, जो आज भी मौन भाषा में मिल के विचारों का गुणगान कर रही है।

मिल के आर्थिक विचारों के सम्बन्ध में एक समस्या यह है कि उसके विचार बदलते रहे। आरम्भ में उसके विचारों पर व्यक्तिवादी प्रभाव अधिक था, परन्तु बाद में उसके विचारों में बदलाव आता गया और मिल स्वयं अपने ही विचारों को नए रूप में प्रकट करता गया। इसलिए समस्या यह है कि व्यक्तिवादी मिल को असली मिल माना जाए या समाजवाद से प्रभावित मिल को असली मिल जाना जाए। इस समस्या का तार्किक समाधान यही है कि सुधारवादी मिल, उदारवादी मिल को ही सही मिल स्वीकार किया जाए। जब मिल ने स्वयं अपने विचारों में कमियों को ढूंढ़कर नए। विचार प्रस्तुत किए, तो उसकी नई छवि को ही वास्तविक छवि मानना उपयुक्त होगा। मिल को स्पेन्सर की पंक्ति में व्यक्तिवादियों के साथ खड़े करना, मिल के साथ अन्याय करना होगा।

मिल के आर्थिक विचारों की कड़ी में सबसे पहला पायदान है 'स्वहित का सिद्धांत'। इस सिद्धान्त के माध्यम से मिल ने स्वहित का प्रतिपादन तो किया ही, साथ ही उसका समाजीकरण भी कर डाला। मिल से पूर्व, व्यक्तिवाद के प्रणेता सभी आर्थिक विचारकों की यह मान्यता थी कि अत्येक व्यक्ति सदैव 'स्वहित' द्वारा प्रेरित रहता है। जन्म से मृत्यु तक

उसकी समस्त गतिविधियों का प्रेरणा स्रोत यह स्वहित का सिद्धान्त ही रहता है। उसकी तमाम आर्थिक गतिविधियों का संचालन स्वहित द्वारा उत्प्रेरित रहता है। सारा व्यापार, सारा उद्योग, सारा उद्यम वह अपने स्वार्थ के लिए ही करता है। व्यक्तिवादी अर्थशास्त्री यह भी मानते थे कि व्यक्तियों के हित के कारण अपने-आप समाज का हित भी होता रहता है। 'स्वहित' के इसी आर्थिक सिद्धान्त को बैन्थम ने राजनीतिक क्षेत्र में प्रयुक्त किया। वही बैन्थम का 'सुखवाद' कहलाया। मिल ने इसी सुखवाद को एक दर्शन, एक धर्म, एक विचारधारा के रूप में अपनाया। उसने भी कहा कि प्रत्येक व्यक्ति सुखवादी होता है। उसकी समस्त गतिविधियां, चाहे वे सामाजिक हों, राजनीतिक हों या आर्थिक हों, सुखवाद द्वारा ही संचालित होती हैं।

लेकिन मिल वहीं नहीं रुका। वह आगे भी बढ़ा। 'उपयोगितावाद' हो या 'राजनीतिक अर्थशास्त्र', मिल ने व्यक्ति के स्वहित का समाज के हित के साथ तालमेल बिठाया। उसने कहा कि व्यक्ति के हित और समाज के हित में एकरूपता होनी आवश्यक है। दोनों का हित परिपूरक है। मिल के अनुसार, न तो व्यक्ति के हितों की बलिवेदी पर समाज के हितों का महल निर्मित किया जा सकता है और न ही समाज के हितों की हत्या कर व्यक्ति के स्वार्थों का विलास भवन बनाया जा सकता है। दोनों के बीच समन्वय स्थापित करना जरूरी है।

मिल के सभी आर्थिक विचार इसी मूल अवधारणा पर आधारित हैं कि राज्य की सभी आर्थिक गतिविधियां व्यक्ति एवं समाज के व्यापक सुख के लिए संचालित होनी चाहिए।

मिल का दूसरा प्रमुख आर्थिक सिद्धान्त है, जनसंख्या का सिद्धान्त। मिल का जनसंख्या सिद्धान्त माल्थस के जनसंख्या सिद्धान्त की पुनस्स्थापना करता है। मिल भी माल्थस के समान मानता था कि अत्यधिक जनसंख्या किसी भी राज्य के विनाश को जन्म देती है। जब जनसंख्या चरम बिन्दु को पार कर लेती है, तो वह प्राकृतिक प्रकोपों द्वारा नष्ट कर दी जाती है। मिल इस कथन से सहमत नहीं है कि 'हर नया मुंह अपने साथ दो हाथ लेकर आता है।' उसका कहना है कि हाथों द्वारा उत्पादन करने की

क्षमताओं की अपनी सीमाएं हैं, जबकि हर मुंह भोजन मांगता है।

मिल आधुनिक संसार का वह पहला विचारक है, जिसने परिवार नियोजन एवं परिवार कल्याण के बारे में खुलकर विचार व्यक्त किए। उस जमाने के पारम्परिक ईसाई समाज में यह विचार बहुत खलबली मचाने वाले थे। मिल ने कहा कि संसार के प्राकृतिक साधन सीमित हैं। उन संसाधनों के दोहन की अपनी सीमाएं हैं। उत्पादन में असीमित रूप से प्रगति नहीं हो सकती। अधिक औद्योगीकरण एवं अधिक उत्पादन केवल मानव श्रम पर ही निर्भर नहीं करता, बल्कि वह तो प्राकृतिक संसाधनों पर भी निर्भर करता है। जनसंख्या की निरन्तर वृद्धि औद्योगिक एवं कृषि उत्पादन के साधनों को पार कर सकती है। इसलिए, जनसंख्या नियंत्रण आवश्यक है। और यह परिवार नियोजन द्वारा ही सम्भव है। बल्कि मिल तो यह भी मानता था, जो लोग इस बात का प्रमाण प्रस्तुत नहीं कर सकते कि वे अपने परिवार के भरण-पोषण में समर्थ हैं, उनके लिए विवाह करने की मनाही हो। राज्य को चाहिए कि इस आशय का कानून पारित करे। मिल का तर्क था कि किसी माता-पिता को अपने बच्चों को भूखा व दरिद्र रखना सरासर गलत है। जॉन स्टूअर्ट मिल ने न केवल परिवार नियोजन एवं परिवार कल्याण के सम्बन्ध में विचार व्यक्त किए, बल्कि उसने स्वयं इस सम्बन्ध में एक आन्दोलन का नेतृत्व भी किया।

मिल के आर्थिक सिद्धान्तों में तीसरा प्रमुख सिद्धान्त है, मुक्त प्रतिस्पर्धा। स्वतंत्रता के सिद्धान्त का प्रतिपादक होने के कारण मिल जहां व्यक्ति की राजनीतिक स्वतंत्रता में विश्वास करता था, वहीं वह व्यक्ति की आर्थिक स्वतंत्रता में भी विश्वास करता था। आर्थिक क्षेत्र में स्वतंत्रता का अर्थ था, उत्पादन के क्षेत्र में पूर्ण प्रतिस्पर्धा। मिल मानता था कि उत्पादन के क्षेत्र में स्वतंत्रता होने से मनुष्य की श्रेष्ठतम प्रतिभाएं प्रकट होती हैं। उत्पादन में संख्यात्मक वृद्धि तो होती ही है, गुणात्मक सुधार भी होता है। इसीलिए मिल कहता है कि 'मुक्त प्रतिस्पर्धा पर लगा प्रत्येक प्रतिबन्ध एक बुराई है।' तथा 'मुक्त प्रतिस्पर्धा का विस्तार एक अच्छाई है।' मिल का कहना था कि अधिकारी तंत्र में काम कर रहे लोग सर्वाधिक

प्रखर नहीं होते, सर्वाधिक प्रखर लोग तो शासन के बाहर होते हैं। इसके अतिरिक्त अधिकारी तंत्र तो नियमों-उपनियमों के मायाजाल में फंसा रहता है। वह उत्पादन एवं व्यापार करने की क्षमता नहीं रखता। शासन को स्वयं उद्योग चलाने की जरूरत नहीं है, न ही उद्योगों पर नियंत्रण करने की जरूरत है। कृषि उत्पादन हो या उद्योग, यह कार्य व्यक्ति स्वयं बहुत अच्छी तरह एवं पूरी मेहनत एवं लगन से कर सकते हैं। शासन को इन कामों में कोई बाधा नहीं पहुंचानी चाहिए। मिल ने कहा कि यूरोप की प्रगति का रहस्य ही मुक्त प्रतिस्पर्धा है।

मिल का चौथा आर्थिक सिद्धान्त है, मूल्य सिद्धान्त। मिल भी रिकार्डो की तरह मानता था कि वस्तुओं के उपयोगिता मूल्य एवं विनिमय मूल्य में अंतर होता है। विनिमय मूल्य का निर्धारण उस वस्तु को उत्पन्न करने के लिए व्यय की गई श्रम की मात्रा पर निर्भर करता है। उल्लेखनीय है कि कार्ल मार्क्स का 'अतिरिक्त मूल्य का सिद्धान्त' इसी अवधारणा पर निर्धारित किया गया। परन्तु, मिल यह भी मानता था कि वस्तुओं का विनिमय मूल्य केवल श्रम की मात्रा पर ही निर्भर नहीं करता, उस पर मांग एवं पूर्ति का भी असर पड़ता है। हां, मिल ने मांग और पूर्ति के सिद्धान्त में भी थोड़ा परिवर्तन किया। मिल के अनुसार, मांग बढ़ने से यदि वस्तुओं का विनिमय मूल्य बढ़ता है, तो मूल्य बढ़ने से मांग कम भी होती है। इसलिए, जहां मांग और पूर्ति वस्तुओं के मूल्य को निर्धारित करते हैं, वहीं मुल्य भी वस्तुओं की मांग और पूर्ति को निर्धारित करते हैं। अन्ततः एक सन्तुलन बन जाता है। मांग, पूर्ति एवं मूल्यों का सन्तुलन। यहां मिल ने यह भी कहा कि मांग और पूर्ति के सिद्धान्त से वस्तुओं के लागत मूल्य पर निर्णायक प्रभाव नहीं पड़ता, क्योंकि वस्तुओं के उत्पादन में जो मूल सामग्री एवं श्रम लगता है, उसको तो सरलता से बदला नहीं जा सकता।

मिल ने यह भी कहा कि जिस तरह मांग और पूर्ति सिद्धान्त वस्तुओं पर लागू होता है, उसी तरह यह सिद्धान्त मुद्रा पर भी लागू होता है। मुद्रा का मूल्य भी उसकी पूर्ति पर निर्भर करता है। बाजार में मुद्रा अधिक होने पर, उसकी क्रय शक्ति कम हो जाती है। इसे ही, मिल के

अनुसार, मुद्रास्फीति कहते हैं। मुद्रास्फीति के समय मुद्रा का अवमूल्यन हो जाता है। उसकी क्रय शक्ति कम हो जाती है। इसी तरह बाजार में मुद्रा की कमी होने पर मुद्रा की क्रय शक्ति बढ़ जाती है। सामान्य स्थिति में, मुद्रा का आन्तरिक मूल्य स्थिर रहता है और उसकी एक निर्धारित क्रय शक्ति रहती है।

मूल्य सिद्धान्त पर ही निर्भर करता है 'पारिश्रमिक सिद्धान्त'। यहां भी मिल व्यक्तिवादी है। परन्तु, इस सिद्धान्त के सम्बन्ध में बाद में उसे अपने विचार बदलने पड़े। असल में, आर्थिक चिन्तन के आरम्भिक दौर में मिल ने पारिश्रमिक सिद्धान्त अथवा मजदूरी का सिद्धान्त प्रतिपादित तो कर लिया, परन्तु बाद के वर्षों में उसे लगा कि यह सिद्धान्त मजदूरों के साथ पूरी मजदूरी निर्धारित करने में न्याय नहीं कर रहा है, तो उसने वह सिद्धान्त वापिस ले लिया।

मिल के पारिश्रमिक सिद्धान्त के बारे में आम धारणा यही है कि उसने माल्थस और रिकार्डो के सिद्धान्तों को ही नई शैली में प्रस्तुत किया। यह सिद्धान्त उसका मौलिक सिद्धान्त नहीं था। मिल ने कहा कि किसी भी समाज में मजदूरी की दर उस समाज में उपलब्ध मजदूरों की मांग और पूर्ति पर निर्भर करती है। यदि समाज में श्रमिकों की संख्या उनकी मांग अथवा आवश्यकता से अधिक है, तो मजदूरी कम हो जाएगी। दूसरे शब्दों में, मिल ने मजदूरी का सम्बन्ध जनसंख्या से जोड़ा और माल्थस की ही बात को दोहराया। मजदूरी बढ़े इसके लिए आवश्यक है कि बाजार में मजदूरों की संख्या कम हो। इतना ही नहीं, मिल ने यह भी कहा कि मजदूरी बढ़ाने से लाभ में कमी आती है और उद्योग पर बुरा प्रभाव पड़ता है। यदि एक उद्योग में मजदूरों की मजदूरी बढ़ा भी दी जाए, तो दूसरे उद्योग में वह कम हो जाएगी, क्योंकि 'मजदूरी कोष' में मजदूरों की संख्या अधिक होने से उनकी मजदूरी का कम होना पूरी तरह निश्चित है।

धीरे-धीरे स्वयं मिल को लगने लगा कि उसके विचारों में एक मूल कमी है। यह विचार यथास्थितिवादी हैं। यह पूंजीवाद का समर्थन करते हैं। इससे पूंजीपति पर कोई दबाव नहीं पड़ता कि वह मजदूरों को अधिक

मजदूरी दे। इसलिए, स्वयं मिल ने बाद में, अपने मजदूरी सिद्धान्त को बदलना चाहा और मांग एवं पूर्ति के अतिरिक्त मजदूरी के निर्धारण पर अन्य तत्त्वों के महत्त्व को स्वीकार किया। मिल को 'अधिकतम व्यक्तियों के अधिकतम हित' के सिद्धान्त का स्मरण भी हो आया और उसने न्यूनतम मजदूरी तथा कार्य के न्यूनतम घंटों के बारे में भी आग्रहपूर्वक लिखा। इस सम्बन्ध में उसने शासन पर अनेक आर्थिक सुधारों के लिए दबाव भी डाला। डेविडसन के शब्दों में :

> राजनीतिक अर्थशास्त्र से सम्बन्धित विभिन्न प्रश्नों को वह किस प्रकार देखता और समझता है, यह प्रश्न अर्थशास्त्र के विद्यार्थियों के लिए उसकी पुस्तक में विशेष महत्त्व का है।...इस सम्बन्ध में वह वैज्ञानिक ढंग से इसके विभिन्न पक्षों अर्थात् श्रम, पूंजी, भत्ता, लगान, लाभ, सूद की दर, अन्तर्राष्ट्रीय व्यवसाय, मूल्य, रुपया, उधार और टैक्स आदि पर विस्तृत रूप से विचार प्रस्तुत करता है और विभिन्न समस्याओं को प्रस्तुत करके उन पर ऐसे विवाद करता है जो लाभजनक हैं। उसने बड़े ही क्रांतिकारी सुधारों को प्रस्तावित किया था।
>
> पहले तो मिल ने समाजवाद का विरोध किया था और उसकी आलोचनात्मक व्याख्या करते हुए सहानुभूतिहीन ढंग से उसे देखा था। किन्तु, बाद में अध्ययन के विकास के साथ-साथ उसके गुणों से अवगत हो जाने के बाद मिल समाजवाद की बहुत- सी बातों का समर्थक हो गया था। समाजवाद के अतिवादी रूप में उसे कोई सहानुभूति अंत तक नहीं थी। जैसे, वह भूमि का राष्ट्रीयकरण करने का समर्थक कभी नहीं रहा। साधारणतया वह समाजवाद के उस रूप को भी कभी स्वीकार नहीं कर सका जो व्यक्ति के अस्तित्व को तिरस्कृत करने के पक्ष में है।...वह ट्रेडयूनियनवाद का घोर समर्थक था और समाजवादी विचारधारा के अनुरूप स्वगत सहकारिता के सिद्धांत को निःसंकोच भाव से स्वीकारता था।अपनी प्रसिद्ध पुस्तक 'पोलिटिकल इकानॉमी' के तृतीय संस्करण में उसका विख्यात अध्याय श्रमिक वर्ग के भविष्य

> से सम्बन्धित विश्लेषण प्रस्तुत करता है और अपनी व्याख्या में वह सिद्ध करने की चेष्टा करता है कि पूंजीवादी वर्ग श्रमिक वर्ग के उद्धार एवं कल्याण में उसी प्रकार रुचि रखता है, और समान हितों की रक्षा चाहता है, जिस प्रकार कि श्रमिक वर्ग अपने हित के लिए इच्छुक और सक्रिय चेष्टा करना चाहता है। अस्तु, उसकी यह धारणा है कि जितने अधिक व्यावसायिक उद्योग विकसित होंगे उतना ही अधिक श्रमिक वर्ग का कल्याण होगा, लेकिन इसके लिए यह आवश्यक है कि उन व्यक्तियों और लोगों में संम्पर्क स्थापित हो जो कि समान हितों के कारण एक सूत्र में बंधे हुए हैं। इसके लिए यह भी आवश्यक है कि इस सहयोग एवं सम्पर्क के आधार पर ऐसी लौकिक भावना प्रजनति हो जिससे न्याय, समानता और भावनाओं के आधार पर व्यापक सहमति विकसित हो सके। इसके लिए दो प्रकार का सहयोग स्थापित होना चाहिए। पहला तो श्रमिकों के संघों का आपस में सहयोग और दूसरा श्रमिक संघों का पूंजीवादी संघों से सहयोग।

जाहिर है, जॉन स्टूअर्ट मिल श्रमिकों के हितों के बारे में सोचता था। वह श्रमिकों के शोषण का किसी भी तरह समर्थक नहीं था। बल्कि जैसे-जैसे मिल की उम्र बढ़ती गई, उसका झुकाव श्रमिकों की ओर बढ़ता गया। वह इस निष्कर्ष पर पहुंचा कि कुछ लोग जन्म से ही सम्पन्न रहें और शेष लोग जन्म से ही दरिद्र रहें, यह दृष्टिकोण ही ग़लत है।

मिल ने आर्थिक चिन्तन के क्षेत्र में लगान और लाभ का भी अध्ययन किया। जहां तक लगान का सम्बन्ध है मिल लगान के पक्ष में था। मिल मानता था कि जिसके स्वामित्व में भूमि है, उसे लगान लेने का अधिकार है। लगान की मात्रा इस बात पर निर्भर करती है कि भूमि कैसी है। अधिक उपजाऊ भूमि पर लगान अधिक होगा, कम उपजाऊ भूमि पर कम। लगान के सम्बन्ध में मिल कोई मौलिक दृष्टिकोण प्रतिपादित नहीं कर पाया। उसने रिकार्डो के सिद्धान्त का ही पिष्टपेषण किया।

इसी तरह लाभ के सम्बन्ध में भी मिल के विचारों में नवीनता नहीं थी। वह मानता था कि लाभ में परिश्रम एवं जोखिम दोनों ही शामिल हैं। बल्कि वह यह भी मानता था कि पारिश्रमिक और लाभ भी अन्योन्याश्रित हैं। परिश्रम और जोखिम का संयुक्त परिणाम है लाभ। साथ ही, यदि श्रमिकों का पारिश्रमिक बढ़ा दिया जाए, तो लाभ कम भी हो जाता है और यदि वेतन कम कर दिया जाता है, तो लाभ बढ़ जाता है। मिल का कहना था कि श्रमिकों को पूर्ण वेतन देने के बाद, जो बचता है, वही लाभ है। जिस तरह श्रमिकों को उनकी मेहनत का पारिश्रमिक मिलना आवश्यक है, उसी तरह पूंजीपति को उसके जोखिम का प्रतिफल मिलना भी आवश्यक है।

अन्तर्राष्ट्रीय व्यापार के बारे में मिल रिकार्डों और एडम स्मिथ के सिद्धान्तों को आगे बढ़ाता हुआ कहता है कि अन्तर्राष्ट्रीय व्यापार में वस्तुओं का विनिमय मूल्य उनके उत्पादन की लागत पर निर्भर नहीं करता, बल्कि इस बात पर निर्भर करता है कि अन्तर्राष्ट्रीय बाजार में उनकी मांग कितनी है। यह इस बात पर भी निर्भर करता है कि किसी वस्तु के बदले में कौन-सी वस्तु दी जा रही है, उसका लागत मूल्य क्या है और उसकी मांग कितनी है ? इसे ही मिल ने 'अन्तर्राष्ट्रीय मांग की इक्वेशन' का सिद्धान्त कहा। मिल के अनुसार, अन्तर्राष्ट्रीय बाजार में मूल्य मांग की इक्वेशन पर निर्मर करता है। मिल के इस सिद्धान्त को बहुत महत्त्वपूर्ण माना गया। इसका कारण यह था कि मिल ने वस्तु के उत्पादक देश के साथ-साथ वस्तुओं के उपभोक्ता देश के महत्त्व को भी स्वीकार किया।

मिल के इन आर्थिक विचारों पर मुख्य रूप से दो प्रकार के आरोप लगाए जाते हैं। एक तो यह कि वह मौलिक नहीं था। उसके विचार एडम स्मिथ, रिकार्डों और माल्थस के विचारों की पुर्नव्याख्या मात्र थे। यह आरोप आंशिक रूप से सही है।

मिल के आर्थिक चिंतन के विरुद्ध दूसरा आरोप यह है कि वह बुर्जुआ विचारक था और मजदूर विरोधी था। सोवियत संघ में व० ये० गुंलीयेव, व० ग० ग्राफस्की, न० न० देयेव, व० स० नेर्सेस्यान्स, ल० स० मामूत–

इन पांच विद्वानों ने 'राजनीतिक सिद्धान्तों का इतिहास' लिखा है। इसके चौथे खंड में मिल का वर्णन एवं विश्लेषण है। इस पुस्तक में मिल की आलोचना करते हुए लिखा गया है :

> मिल शुद्धतः बुर्जुआ राजनीतिक सिद्धान्त की सीमाओं में बने रहे, हालांकि वे व्यावहारिक राजनीतिक अर्थ में टुटपूंजिया समाजवाद के समीप थे। वह अपने समसामयिक बुर्जुआ यथार्थ की आलोचना 'शुद्ध' जनवाद की स्थिति से नहीं करते थे। इस आदर्श को तो बुर्जुआजी ने त्याग ही दिया था। मिल तो प्रति-निधित्व की औपचारिक बुर्जआ जनवादी व्यवस्था के दृष्टि-बिन्दु से यह करते थे, जो बुर्जुआ बौद्धिक विशिष्ट वर्ग के हित में संशोधित था। मिल इस पूंजीवादी व्यवस्था के पूर्णतः निष्ठावान् समर्थक थे।

मिल पर लगाया गया यह आरोप सही नहीं है। बेशक, मिल कट्टर समाजवादी नहीं था, न ही समाजवाद के उग्र रूप में उसकी कोई श्रद्धा थी, परन्तु न तो वह मजदूर-विरोधी था और न ही नग्न पूंजीवाद का समर्थक। मिल के आर्थिक विचारों की दुनिया का सफर करने पर आरम्भिक दौर में यह अवश्य दिखाई देता है कि वह पूंजीवाद एवं व्यक्तिवाद का समर्थक है, वह मुक्त अर्थव्यवस्था का प्रति- पादक है। परन्तु उसके आर्थिक विचारों के मध्यान्तर के बाद मिल के विचारों में एक स्पष्ट परिवर्तन दिखाई देने लगता है। उस पर समाजवादी विचारों का प्रभाव पड़ने लगा था। वह श्रमिकों के शोषण का समर्थक नहीं रहा। निस्सन्देह, वह आर्थिक क्षेत्र में भी स्वतंत्रता चाहता था, परन्तु उसका यह भी आग्रह था कि श्रमिकों एवं किसानों को उनके परिश्रम का पूर्ण पारिश्रमिक दिया जाए। वह उत्पादन की स्वतन्त्रता का तो समर्थक था, परन्तु वह 'वितरण की स्वतंत्रता' का समर्थक नहीं था। क्योंकि मिल के अनुसार यदि वितरण पर समाज का नियंत्रण न रखा गया, तो उससे भयंकर असमानता एवं असन्तोष उपजेंगे। वितरण के क्षेत्र में उसने स्वतंत्रता से साफ इनकार किया। उसने कहा कि सम्पत्ति एवं उत्पादन का वितरण समतावादी रूप से किया जा सकता है। बल्कि मिल तो

सहकारिता की संकल्पना का भी प्रतिपादन करता है। वह एक ऐसी व्यवस्था की भी कल्पना करता है, जिसमें पूंजीपति एवं श्रमिक मिलकर सहकारिता के आधार पर मिलजुलकर उद्यमों को चलाएं।

समता स्थापित करने की दृष्टि से मिल का सर्वाधिक महत्त्वपूर्ण सुझाव तो यह था कि सम्पत्ति की विरासत पर भारी कर लगाया जाए। विरासत का अधिकार, मिल की दृष्टि में, समानता का ही नहीं, स्वतंत्रता का भी विरोधी अधिकार है, क्योंकि यह व्यक्तियों को असमान स्थितियों में ला खड़ा करता है। इसी तरह, अन्तर्राष्ट्रीय स्तर पर भी मिल पूंजीवाद से बहुत दूर चला जाता है। मिल ने तो यहां तक लिखा, 'भविष्य की सामाजिक समस्या यह होगी कि कार्य की स्वतंत्रता का विश्व के कच्चे माल के सामूहिक स्वामित्व से किस प्रकार तालमेल बिठाया जाए तथा सामूहिक श्रम में सबकी समान रूप से भागीदारी किस प्रकार तय की जाए।'

जिस मिल के विचार इतने प्रगतिशील रहे हों, उसे पूंजीवाद का अंध समर्थक एवं विशुद्ध बुर्जुआवादी कहना सरासर अन्याय है। असल में मिल की सारी आर्थिक कसरत ही व्यक्तिवाद को समाजवाद बनाने की कसरत थी। एक विचारक जो राजनीतिक स्वतंत्रता का मसीहा हो, वह आर्थिक स्वतंत्रता का शत्रु केसे हो सकता था ? इसलिए मिल की सारी मेहनत राजनीतिक स्वतंत्रता एवं आर्थिक स्वतंत्रता के बीच पुल बनाने की थी। वह अंतिम शास्त्रीय अर्थशास्त्री था। वह उदारवाद का प्रतिपादक था। वह ऐसा व्यक्तिवादी था जिसके विचारों में श्रमिकों के प्रति स्पष्ट वेदना झलकती थी। वह दोनों में समन्वय कर पाया या नहीं, यह एक अलग बात है, परन्तु उसके चिन्तन में ईमानदारी अवश्य थी। वह व्यक्तिवादी होते हुए भी समाजवादी था। वह पूंजीवादी होते हुए भी उदारवादी था। इसीलिए बारकर ने 'इंगलिश पोलिटिकल थॉट' में लिखा है, मार्क्स नहीं, मिल ही इंगलिश समाजवाद का आरम्भिक बिन्दु है।'

बर्ट्रेण्ड रसल तक मिल के विचारों से बहुत प्रभावित थे। वे मानते थे कि मिल के आर्थिक विचार सर्वथा व्यावहारिक एवं समाज के व्यापक हित में हैं। रसल ने मिल पर लिखी पुस्तक में मिल से 'मूल्यों से पूर्ण सहमति'

व्यक्त की है। एम० काउलिंग की एक पुस्तक है 'मिल एण्ड लिबरलिज़्म' इस पुस्तक में मिल के आर्थिक विचारों का विवेचन करते हुए कहा गया है, 'मिल ने उदारवाद को रचनात्मक रूप प्रदान किया। मिल राज्य के निषेधात्मक रूप के स्थान पर जब सामूहिक हित के उपायों का वर्णन करने लगा, तो वह समाजवादी बन गया।' कई विद्वान् तो यह भी मानते हैं कि मिल ही लोकतांत्रिक समाजवाद के आरम्भिक प्रणेताओं में से एक है।

मिल कट्टरवादी पूंजीवाद का विरोधी था। वह कट्टरवादी समाजवाद का भी विरोधी था। मिल के चिन्तन के डेढ़ सौ वर्ष बाद जब पूंजीवादी देशों में समाजवादी लहरें उठती हैं और समाजवादी देशों में पूंजीवादी लहरें उठती हैं, तो लगता है कि मिल के विचार उतने खोखले एवं बेतुके नहीं हैं, जितने मार्क्स ने उन्हें बताया था। आज भी पूर्वी यूरोप के देशों में साम्यवाद की इमारत को ध्वस्त कर जो नया भवन निर्मित किया जा रहा है, वह मिल के राजनीतिक ही नहीं, आर्थिक विचारों की परोक्ष प्रेरणा लिए हुए है। गोर्बाचेव के ग्लासनोस्त में मिल की 'लिबर्टी' की, और पेरेस्त्रोइका में मिल की 'पोलिटिकल इकानॉमी' की झलक साफ दिखाई देती है। मिल के आर्थिक विचारों का उपहास करना बहुत आसान है, लेकिन दुनिया में जिस तरह पूंजीवाद का समाजवादीकरण और समाज- वाद का उदारवादीकरण हुआ है, उससे स्पष्ट है कि मिल के विचार किसी वैचारिक अजायबघर में सजाने की वस्तु नहीं हैं। दशाब्दियां बीत गईं, लेकिन उनमें आज भी एक ताज़गी है।

तर्क विज्ञान

जॉन स्टूअर्ट मिल की एक प्रसिद्ध पुस्तक है, 'सिस्टम ऑफ लॉजिक'।

पुस्तक के बीसियों संस्करण छपे और धड़ाधड़ बिके। जैसा कि स्वाभाविक था मिल की इस पुस्तक की जमकर आलोचना भी हुई, फिर भी लोगों ने इसे खूब पढ़ा।

मिल ने स्वयं लिखा है कि इस पुस्तक के माध्यम से वह कोई नया दर्शन प्रतिपादित नहीं कर रहा है। वह तो तर्कशास्त्र पर जहां-तहां बिखरी सामग्री को बटोरकर उसे व्यवस्थित रूप से प्रस्तुत कर रहा है। वह तो उस कारीगर के समान है जो तर्क के ईंट-पत्थरों को सीमेण्ट से जोड़कर एक व्यवस्थित भवन निर्मित कर रहा है।

यह मिल की विनम्रता ही है कि वह कहता है कि उसने 'सिस्टम ऑफ लॉजिक' में कोई मौलिक बात नहीं कही। यह सच है कि पुस्तक तर्कशास्त्र पर एक विस्तृत पाठ्य पुस्तक के समान ही है। मिल ने तर्क-शास्त्र के विभिन्न पक्षों एवं विभिन्न सिद्धान्तों का इसमें वर्णन एवं विवेचन ही किया है, परन्तु यह भी सत्य है कि मिल से पूर्व इतनी कुशलता एवं प्रामाणिकता से यह कार्य किसी ने नहीं किया था। यदि बात केवल यहीं तक सीमित होती तो भी 'सिस्टम ऑफ लॉजिक' तर्कशास्त्र के विद्यार्थियों के लिए एक उपयोगी पुस्तक सिद्ध होती। परन्तु, बात तो पुस्तक में और भी है।

मिल की पुस्तक में कुछ नई बाते भी हैं। उसमें तर्कशास्त्र की एक नई पद्धति आगमनात्मक पद्धति का प्रतिपादन किया गया है। उसमें विज्ञान

एवं कला के सम्बन्धों का निर्धारण करते हुए, दोनों का महत्त्व स्वीकार करते हुए, कला को श्रेष्ठ सिद्ध किया गया है। उसमें मिल ने नैतिकता के तार्किक आधार का प्रतिपादन किया है। और उसमें एक जीवन दर्शन की तार्किक खोज की गई है। इन तमाम महत्त्वपूर्ण प्रयासों व प्रावधानों के कारण मिल की 'सिस्टम ऑफ लॉजिक' सभी बुद्धिजीवियों के लिए एक रोचक पुस्तक बन गई है।

'तर्क' की व्याख्या से मिल की पुस्तक आरम्भ होती है। तर्क क्या है ? मिल के अनुसार, सोचने की कला का एक भाग है, तर्क; और इस सोचने की कला या चिन्तन का एक प्रमुख माध्यम भाषा है। इसलिए उपयोग में लाए जाने वाले शब्दों का अथवा भाषा का एक विशेष महत्त्व है। शब्दों के गलत चयन या भाषा के हेर-फेर से सोच की कला बहुत प्रभावित होती है। गलत भाषा मनुष्य की आंख पर चढ़ा हुआ गलत नम्बर का चश्मा है। सब कुछ धुंधला और अस्पष्ट हो जाता है। इसलिए तर्क की कला में या चिन्तन की दुनिया में भाषा का सर्वाधिक महत्त्वपूर्ण स्थान है।

मिल के अनुसार, भाषा के माध्यम से तर्क खिलता है। तर्क एक प्रक्रिया है, तर्क एक पद्धति हैं, तक एक विज्ञान है। यह अन्तिम सत्य तक पहुंचने का विवेकपूर्ण मार्ग है। यही वह क्रमबद्ध सीढ़ियां हैं, जिन पर चढ़कर मनुष्य अंतिम सोपान तक पहुंचता है। वस्तुस्थिति के विवेकपूर्ण विवेचन, विश्लेषण और मंथन का नाम है, तर्क। तर्क तथ्यों का नीर-क्षीर विवेक है।

मिल मूलतः एक उपयोगितावादी विचारक था। वह एक अनुभव-वादी भी था। इसलिए, उसने तार्किक पद्धतियों में एक नई पद्धति का प्रतिपादन किया। वह पद्धति है, आगमनात्मक पद्धति। मिल से पूर्व, अरस्तू के समय से, तर्क की मुख्य पद्धति निगमनात्मक पद्धति ही रही है। सामान्य से विशिष्ट तक पहुंचने की पद्धति। बादल होने से वरसात होती है। आज आसमान पर बादल हैं, इसलिए आज बरसात होगी। या, सभी मनुष्य मर जाते हैं, इसलिए पीटर, तू भी मर जाएगा। यह तर्क की निगमनात्मक पद्धति थी। मिल ने कहा, यह पद्धति अधूरी है। अपूर्ण है। सत्य तक

पहुंचने का मार्ग आगमनात्मक है। हमारा अनुभव सबसे बड़ा शिक्षक है। हमने देखा, पीटर मर गया, जॉन मर गया, टॉमस भी मर गया, इसलिए हम इस निष्कर्ष पर पहुंचे कि सभी मनुष्य मरते हैं। यह एक से अनेक पर पहुंचने की पद्धति है। यह विशिष्ट से सामान्य तक पहुंचने का मार्ग है। यह अनुभव से सिद्धान्तों तक पहुंचने का रास्ता है।

मिल ने कहा कि यदि गौर से देखा जाए तो निगमनात्मक पद्धति भी वस्तुतः आगमनात्मक पद्धति पर ही आधारित होती है। इसमें जो प्रतिज्ञप्तियां (प्रिपोजीशंस) बनाई जाती हैं, वह भी व्यक्तियों के अनुभव पर आधारित होती हैं। यह कहना कि 'सभी व्यक्ति मर जाते हैं, 'इसलिए 'तुम भी मर जाओगे' मूलतः इस अनुभव पर आधारित है कि हमने एक- एक कर बहुत-से लोगों को मरते देखा है। इसलिए यह प्रतिपादित हुआ कि सभी व्यक्ति मर जाते हैं। असल में तर्कशास्त्र की निगमनात्मक पद्धति को सबसे पहले अरस्तू ने ही प्रतिपादित किया था। ए० एन० व्हाइटहेड ने अपनी पुस्तक ' प्रेसीडिंग्स ऑफ द अरिस्टॉटलियन सोसायटी' में ठीक ही लिखा था, 'प्रतिज्ञप्ति के रूप पर विचार करते हुए और समझाते हुए कि इन रूपों के कारण निगमन घटित होता है, अरस्तू ने इस विज्ञान की संस्थापना की।' अरस्तू ने जिस विज्ञान की स्थापना की, वर्षों तक उसे ही अन्तिम सत्य मानकर वन्दनीय समझा गया, परन्तु मिल ने उस आधे- अधूरे तर्क विज्ञान में आगमनात्मक पद्धति जोड़कर, उसे पूर्णता प्रदान की। डा० एस० पी० सिंह ने अपनी पुस्तक, 'आधुनिक तर्कशास्त्र की भूमिका' में कहा है, 'मिल का कहना है कि आगमन पूर्ववर्ती है। सर्वप्रथम आगमन, किसी सर्वव्यापी सत्य को ढूंढ लेता है। तब निगमन उसे नए-नए उदाहरणों पर लागू करता है। न्याय वाक्य बिना किसी सर्वव्यापी सत्य के आरम्भ नहीं हो सकता और वह सर्वव्यापी सत्य आगमन से ही प्राप्त होता है।' परन्तु, कई आधुनिक तर्क विज्ञानी मिल के इस मत को नहीं मानते। उदाहरणार्थ जेवंस का कहना है :

> बुद्धि की उड़ान द्वारा प्राकल्पना के रूप में हमें व्यापक सत्य मिलते हैं। आगमन तभी पूरा होता है, जब यह प्राकल्पना सिद्ध हो जाती है। और प्राकल्पना की यह सिद्धि तभी सम्भव

है, जब हम उससे निगमन के ढंग से निष्कर्ष निकालें और देखें कि वस्तुतः परिणाम उस प्राकल्पना से मेल खाते हैं। अतः प्रमाणीकरण निगमन के बिना नहीं हो सकता।

आगमन और निगमन पद्धतियों के बीच इस तरह जो द्वंद्व दिखाने का प्रयास किया गया है, वह द्वंद्व वास्तव में है नहीं। यह सिद्ध करने का प्रयास कि दोनों में से कौन-सी पद्धति अधिक प्रामाणिक है और सत्य की स्थापना करती है, बेमानी है, क्योंकि दोनों पद्धतियां परस्पर परिपूरक हैं, विरोधी नहीं। दोनों के द्वारा ही पूर्ण सत्य की प्राप्ति होती है। एक के द्वारा प्राकल्पना का प्रतिपादन होता है, दूसरे के द्वारा प्राकल्पना की सत्यता की पुष्टि। इस पूर्ण सत्य की स्थापना में मिल का योगदान इसलिए महत्त्वपूर्ण है कि मिल ने आधे-अधूरे तर्क विज्ञान को पूर्णता प्रदान की।

मिल ने अपनी इसी तार्किक पद्धति का प्रयोग राजनीति विज्ञान एवं समाजशास्त्र के क्षेत्र में भी किया। उसने आगमनात्मक तर्क पद्धति के अनुसार अनुभूति की व्यापकता को महत्त्वपूर्ण माना है। साथ ही वह यह भी मानता है कि इसी के माध्यम से किसी भी व्यवस्था का परीक्षण किया जा सकता है। मिल ने इस पद्धति के तीन स्तर बताए। पहला, आगमनात्मक पद्धति द्वारा वस्तुस्थितियों का, व्यवस्था विश्लेषण के सन्दर्भ में, सैद्धान्तीकरण किया जाए। दूसरा, निगमनात्मक पद्धति द्वारा उसका विश्लेषण किया जाए। और तीसरा, उस सिद्धान्त का पुनः परीक्षण या सत्यापन किया जाए। मिल का कहना था कि बिना सत्यापन (वेरिफ़िकेशन) के किसी व्यवस्था की प्रशंसा या बुराई नहीं की जा सकती।

मिल ने इसी तर्क पद्धति का समाजशास्त्र के क्षेत्र में भी प्रयोग किया। परिणामस्वरूप उसे एक समाजशास्त्री के रूप में भी प्रतिष्ठा मिली। डेविडसन के अनुसार, 'मिल एक ऐसी पद्धति स्थापित करना चाहता था जो सामाजिक स्थितियों और परिस्थितियों की जटिल समस्याओं का अंकन कर सके और उन विशेष अपवादों का उद्घाटन कर सके जो रूढ़ि रूप में प्रचलित हो रहे हैं।'

मिल के समय में, समाजशास्त्र के क्षेत्र में, सामाजिक समस्याओं का विश्लेषण करने के दो तरीके प्रचलित थे। पहला था, प्रयोगात्मक पद्धति का। कुछ विद्वान् समाज को समझने और उसकी समस्याओं के समाधान के लिए प्रयोगात्मक पद्धति को ही श्रेष्ठ मानते थे। वे अपने आग्रह पर इतने अधिक दृढ़ थे, कि यह तक भी भूल जाते थे कि कुछ प्रयोग सर्वथा अव्यावहारिक होते हैं और कुछ सर्वथा घातक। मिल ने इस पद्धति को 'केमिकल' अथवा 'एक्सपेरिमेण्टल' पद्धति माना। दूसरी पद्धति थी, जिसमें 'ज्यामितीय' तथा 'सूक्ष्मता' पर अधिक बल दिया जाता था। कुछ विद्वान् सामाजिक स्थितियों का 'ज्यामितीय' रूप में विश्लेषण करना अधिक उपयुक्त समझते थे और ज्यामिति के ही सहारे समस्याओं का समाधान करने का प्रयास भी करते थे। मिल का कहना था कि सामाजिक स्थितियां स्थिर नहीं रहतीं, वे बदलती रहती हैं। समाज में संघर्ष होता रहता है। ज्यामितीय पद्धति से इस गतिशील समाज का अध्ययन नहीं हो सकता।

मिल ने एक तीसरी ही पद्धति का प्रतिपादन किया। मिल ने, 'फिजिकल' अथवा 'कान्क्रीट डिडक्टिव मेथड' को स्वीकार किया। उसने कहा, 'प्रत्येक घटना कई कारणों के समवेत योग का परिणाम होती है।' जटिल और महत्त्वपूर्ण घटनाओं के पीछे कोई एक कारण न होकर कई कारणों का योग होता है। इन कारणों का विश्लेषण निगमनात्मक, फिर आगमनात्मक और फिर सत्यापन के द्वारा ही सम्भव है।'

मिल ने यह भी कहा कि समाज अथवा इतिहास का विश्लेषण करने एवं भविष्य का मार्ग दर्शन करने के लिए एक पूर्वदृष्टि 'विज़न' अत्यन्त आवश्यक है। तथ्यों के प्रकाश में पूर्वदृष्टि के आधार पर समाज के सम्बन्ध में सही भविष्यवाणियां की जा सकती हैं। इसे मिल ने 'इनवर्स डिडक्टिव' का नाम दिया। यहां यह भी उल्लेख कर दिया जाए कि मिल से पूर्व समाजशास्त्र के क्षेत्र में फ्रांसीसी विद्वान् कांट ने अनेक महत्त्वपूर्ण सिद्धान्तों का प्रतिपादन कर, समाजशास्त्र को एक नए सामाजिक विज्ञान् के रूप में स्थापित कर दिया था। मिल ने कांट के दर्शन की अनेक बातों को स्वीकार किया और उसके कई सिद्धान्तों का समर्थन किया। मिल के

कारण ही काफी हद तक कांट को इंगलैंड में एक सामाजिक वैज्ञानिक के रूप में ख्याति मिली।

मिल की 'सिस्टम ऑफ लॉजिक' में एक और बात बहुत महत्त्वपूर्ण है; मिल ने कहा कि समाज में प्रचलित नैतिक नियमों का भी कोई तार्किक आधार होना चाहिए। मिल ने कहा कि अधिकांश नैतिक नियम कल्पनाओं और आत्मशक्ति (इन्टयूशन) पर आधारित हैं। इसी से रूढ़िवाद एवं अंधविश्वास पनपता है। होना यह चाहिए कि नैतिकता तथा नैतिक नियमों का भी एक तार्किक आधार हो। मनुष्य की अनुभूतियों और सुख- दुख की मान्यताओं पर नैतिक नियमों का निर्धारण हो। नैतिक नियम भी वही हों, जो मनुष्य एवं मानव जाति को सुख पहुंचाएं। यहां मिल सुख की भी व्यापक प्रस्तुति करता है। सुख का मतलब केवल व्यक्ति का निजी सुख नहीं, बल्कि अधिकांश व्यक्तियों का सुख है। सुख का मतलब केवल व्यक्तियों का मौलिक सुख नहीं, वरन् आत्मिक सुख है। यह व्यापक सुख ही, नैतिक मान्यताओं एवं नैतिक नियमों का निर्धारक होना चाहिए। मिल ने इस सन्दर्भ में उपयोगितावाद की नई व्याख्या की। उसने कहा :

> उपयोगितावाद व्यक्ति-आनन्द और समष्टि-आनन्द के बीच व्यक्ति को उतना ही निरपेक्ष, निष्पक्ष और निःस्वार्थ भाव से भाग लेने की प्रेरणा देता है, जितना कि किसी भी उदात्त उदारचेता व्यक्ति को कोई भी आनन्द धर्मग्रंथ प्रेषित करता है। नाजरथ के मसीहा ईसा मसीह के सुनहले सिद्धांतों में पूर्ण उपयोगितावादी सिद्धान्तों का योग है कि 'तू दूसरों के साथ ठीक उसी व्यवहार का आचरण कर, जो तू स्वयं अपने साथ आचरण करना चाहता है और अपने पड़ोसियों के साथ वैसा ही प्यार का व्यवहार कर, जैसा कि तू स्वयं अपनों के साथ चाहता है।'

इस तरह मिल ने नैतिक नियमों को भी व्यापक सुखवादी तार्किक आधार प्रदान किया। मिल ने कहा कि यदि गौर से देखा जाए तो अधिकांश धार्मिक आस्थाओं का भी एक व्यापक तार्किक आधार होता है। परन्तु, क्योंकि धार्मिक एवं नैतिक नियमों का अन्धश्रद्धा से परिपालन

किया जाता है, इसलिए अनेक तर्कहीन एवं निहित स्वार्थ वाले नियम व परिपाटियां बना जाते हैं, जिनका पालन अंधश्रद्धा से होता रहता है। यही गलत है। व्यापक हितों का तर्क, मानव समाज के सुख का तर्क ही धार्मिक आस्थाओं एवं नैतिक नियमों की अंतिम कसौटी होनी चाहिए।

मिल की 'सिस्टम ऑफ लॉजिक' का सबसे सुन्दर भाग उसका अन्तिम अध्याय है। इसमें मिल ने विज्ञान और कला के सम्बन्धों का निर्धारण किया है और एक जीवन दर्शन का प्रतिपादन किया है।

मिल कहता है कि विज्ञान और कला एक-दूसरे के परिपूरक हैं। विज्ञान अनुसंधान करता है, तथ्य एकत्र करता है, नई बातें बताता है। परन्तु, वह अपने-आप में निर्णय नहीं लेता। निर्णय लेना तो कला का काम है। कला बताएगी कि हमें एक भव्य भवन बनाना है, जो हवादार हो, सुरक्षित हो। विज्ञान उसकी बारीकियां तय करेगा। कहां कितने कमरे हों, सुरक्षा के लिए क्या व्यवस्था हो, हवा और रोशनी की क्या व्यवस्था हो। परन्तु, विज्ञान स्वयं निर्णय नहीं लेगा। निर्णय लेने का काम कला का है। विज्ञान कई विकल्प दे सकता है। कला उनमें से एक का चयन कर लेगी। मिल के शब्दों में :

> कला के नियमों का विज्ञान के सिद्धान्तों से क्या सम्बन्ध है, यह निर्धारित किया जा सकता है। कला उद्देश्य निर्धारित करती है, उद्देश्य परिभाषित करती है और उस कार्य को विज्ञान को सौंप देती है। विज्ञान उसे प्राप्त करता है, उस पर विचार करता है, और अध्ययन के उस विषय के कार्यों एवं स्थितियों की जांच करता है। जांच के पश्चात, विज्ञान समस्या के समाधान के विभिन्न विकल्प प्रस्तुत करता हैं। कला तब उन विकल्पों पर विचार करती है और यह निर्णय करती है कि कौन-सा विकल्प अधिक उपयुक्त एवं व्यावहारिक है। इन विभिन्न विकल्पों में से अन्तिम विकल्प का चयन कला के द्वारा ही किया जाता है। वही निर्णय करती है कि कौन-सा विकल्प प्राप्त करने योग्य है। तब विज्ञान उस अन्तिम एवं कला द्वारा चयनित विकल्प पर

बारीकी से कार्य करता है और अंत में एक बार फिर कला उस प्रमेय को साकार रूप प्रदान करती है।

क्या होना चाहिए–इसका निर्णय करना कला का कार्य है। क्या होता है, कैसे होता है–यह बताना विज्ञान का काम है। मिल ने 'है' और 'होना चाहिए' का अंतर बताकर और उन दोनों के अंतर एवं महत्व को रेखांकित करके आधुनिक समाज विज्ञानों एवं व्यवहारवादी पद्धति का मार्ग प्रशस्त कर दिया।

और अंत में मिल हमें जीवन की कला एवं जीवन का दर्शन बताने का प्रयास करता है। मनुष्य के आचरण एवं उसके व्यवहार का निर्धारक कौन होना चाहिए ? जीवन का सही दर्शन क्या है ? मिल के अनुसार जीवन के दर्शन का ज्ञान विज्ञान से नहीं हो सकता। वह तो कला ही करा सकती है 'एस्थेटिक सेंस' का बोध तो कला के द्वारा ही सम्भव है।

जीवन दर्शन की तलाश में भी मिल अपने पुराने एवं चिर परिचित सूत्र को नहीं भूल पाया। वह यहां भी अपने उपयोगितावादी दर्शन से ओतप्रोत हो कहता है कि मनुष्य के कार्यों एवं उसके आचरण के निर्धारक सुख एवं दुख ही हैं। मनुष्य के कार्यों का निर्धारक होना चाहिए यह तथ्य कि उससे अन्य व्यक्तियों को सुख मिल रहा है या नहीं। मनुष्य के कार्यों और आचरण का उद्देश्य होना चाहिए—मानव जाति की प्रसन्नता। यही अंतिम एवं निर्णायक तत्त्व है। सभी व्यक्ति ऐसा कार्य करें जिससे पूरे समाज को सुख मिले।

यहां एक बात अवश्य ध्यान देने योग्य है। मिल ने जीवन दर्शन का प्रतिपादन करते समय उपयोगितावाद को अपना मार्ग दर्शक अवश्य बनाया, परन्तु मिल का उपयोगितावाद बैन्थम के उपयोगितावादी दर्शन की संकीर्णता को बहुत पीछे छोड़ देता है। मिल ने उपयोगितावाद को एक उदात्त और उदार रूप प्रदान करते हुए, मनुष्य को केवल अपने सुखों को महत्त्व देने की बात नहीं कही, उसने मानव जीवन का उद्देश्य केवल व्यक्ति के सुखी होने तक सीमित नहीं माना, वरन् सारी मानव जाति का सुख प्राप्त करना ही मनुष्य का ध्येय माना है। मनुष्य ऐसा कार्य करे जिससे

सभी व्यक्तियों को सुख मिले, यही सच्चा जीवन दर्शन है। इतना ही नहीं, मिल केवल भौतिक या शारीरिक सुखों की बात नहीं करता, वह तो उच्च श्रेष्ठ सुखों की बात करता है। मानव जाति को केवल सामान्य रूप से सुखी करना ही मनुष्य के कार्यों का उद्देश्य नहीं होना चाहिए, बल्कि उसे उच्च एवं श्रेष्ठ सुखों की प्राप्ति हो, यही सच्चा जीवन दर्शन है। मिल के शब्दों में :

> मैं अपनी मान्यता की घोषणा करता हूं कि वे सामान्य नियम जिनके द्वारा आचरण के तमाम तरीकों का पालन होना चाहिए वे ये हैं कि जिनसे सारी मानव जाति, बल्कि सारे जीव जगत् को प्रसन्नता प्राप्त हो। दूसरे शब्दों में, प्राणिमात्र के सुख की अभिवृद्धि ही वास्तविक जीवन दर्शन है।... मैं मानता हूं कि प्रत्येक प्रश्न, जिसका चरित्र के उत्थान से सम्बन्ध है, उसके मापदंड का स्तर, 'सुख' ही होना चाहिए।... व्यक्ति का उद्देश्य मानव जीवन को सामान्य अर्थों में सुख प्रदान करना एवं दुखों से मुक्ति प्राप्त करना तो होना ही चाहिए, उसका उद्देश्य सुखदुख के सामान्य धरातल से ऊपर उठकर उच्च एवं श्रेष्ठ सुखों को प्राप्त करना एवं प्रदान करना होना चाहिए।

यदि मिल के जीवन दर्शन-सम्बन्धी सिद्धान्त का विवेचन किया जाए तो कहा जा सकता है कि उपयोगितावाद की माला जपता-जपता मिल जाने-अनजाने में मानवतावाद की दुनिया में पहुंच जाता है। चाहे मिल कहता भी अपने-आप को उपयोगितावादी हो, परन्तु मिल 'सिस्टम ऑफ लॉजिक' में, अपने नए मानवतावादी रूप में प्रकट होता है। तत्कालीन समीक्षकों ने चाहे मिल पर इसके लिए भी लाठियां बरसाई हों, परन्तु बाद की पीढ़ियों ने उसे आदरपूर्वक याद रखा और बर्टेड रसल जैसे शिखर के विचारकों ने गर्व के साथ कहा कि हम पर मिल के दर्शन का गहरा प्रभाव पड़ा है।

एक बात पर विशेष रूप से गौर किया जाए। पश्चिम के विचारक जीवन-भर अध्ययन एवं तपस्या करने के बाद जिन महत्त्वपूर्ण निकर्षों पर पहुंचते हैं, उनमें से अधिकांश निष्कर्ष भारत में सदियों पूर्व वैदिक एवं उपनिषदीय साहित्य में छोटे-छोटे सूत्र रूपों में प्राप्त हैं। इंगलैंड वालों के

लिए यह एकदम नई और गर्व करने लायक बात होगी कि मिल मानता है कि व्यक्ति के जीवन का उद्देश्य सारी मानव जाति का सुख, अथवा सम्पूर्ण प्राणि मात्र का सुख होना चाहिए, परन्तु भारतीय दर्शन में तो हजारों वर्ष पूर्व यह प्रार्थना की गई–सर्वे भवन्तु सुखिनः सर्वे सन्तु निरामया:, सर्वे भ्रद्राणि पश्यंतु मा कश्चिद्दुःखभाग्भवेत्।

मिल सारी जिन्दगी ज़िस जीवन दर्शन की खोज में भटकता रहा, वह तो वेद मंत्रों में हजारों वर्ष पूर्व ही सुरक्षित थी।

विविध विचार

मिल एक पेशेवर लेखक था। लेखन उसकी जीविका का एकमात्र साधन था।

इसलिए, मिल ने खूब लिखा। उसने तरह-तरह के विषयों पर लिखा। उसने स्वतंत्रता और प्रतिनिधि शासन पर तो लिखा ही, उपयोगितावाद और महिला मुक्ति पर तो उसने कलम चलाई ही, तर्कशास्त्र और राजनीतिक अर्थशास्त्र पर तो उसने पृष्ठ रंगे ही, उसने शिक्षा पर भी लिखा, कविता पर भी लिखा। मिल ने पत्रों के महत्त्व पर भी लिखा और इतिहास के विज्ञान पर भी। मिल मूलतः एक सशक्त लेखक था। उसकी भाषा प्रबल और तर्कशक्ति सबल थी। इसलिए उसके विविध विचारों में भी ताज़गी थी।

उच्च शिक्षा के बारे में उन दिनों ब्रिटेन में एक बहस चल रही थी कि पारम्परिक शिक्षा दी जाए या आधुनिक, विज्ञान पढ़ाया जाए या साहित्य। मिल ने भी इस बहस में हिस्सा लिया। सेंट एड्रयूज़ विश्वविद्यालय में उद्घाटन भाषण देते हुए मिल ने कहा कि उच्च शिक्षा का उद्देश्य केवल एक सफल वकील, डॉक्टर या इन्जीनियर बनाना ही नहीं, एक अच्छा इन्सान बनाना भी है। इसके लिए युवक-युवतियों को जहां विज्ञान पढ़ाना आवश्यक है, वहीं उन्हें साहित्य पढ़ाना भी आवश्यक है। विज्ञान हमें सोचने की शक्ति देता है, साहित्य हमें अभिव्यक्ति की प्रतिभा देता है। अच्छे विद्यार्थी के लिए दोनों आवश्यक हैं। जीविका उपार्जन के लिए विज्ञान और सुन्दर अभिव्यक्ति के लिए साहित्य भी। इसलिए मिल के

अनुसार, यह बहस बेमानी है कि विज्ञान की शिक्षा दी जाए या साहित्य की। मिल कहता है, यह तो वैसी ही बात हुई, जैसे यह पूछा जाए कि एक कलाकार को रेखांकन आना चाहिए या चित्रांकन। या, एक व्यक्ति के लिए कमीज़ सिलवाना अधिक ज़रूरी है या पेंट सिलवाना अधिक ज़रूरी है। दोनों ही स्थितियों में दोनों ही काम बराबर जरूरी हैं।

मिल ने इस बात पर भी बल दिया कि उच्च शिक्षा मुक्त होनी चाहिए। बन्धन-विहीन होनी चाहिए। विद्यार्थियों को विकास के लिए उन्मुक्त वातावरण मिलना चाहिए। मिल मानता था दिमागों को सोचन दो, फूलों को खिलने दो। उन्हें बेड़ियों और बन्धनों में मत कसो। मनुष्य एक चिन्तनशील प्राणी है। उसकी चिन्तन प्रतिभा का विकास उन्मुक्तता के वातावरण में ही हो सकता है।

मिल धार्मिक शिक्षा के विरुद्ध था। मिल के अनुसार धार्मिक शिक्षा मनुष्य को रूढ़िवादी बनाती है। मसीही धर्म एक पुराना धर्म हैं। इसे इतिहास की तरह पढ़ाया जा सकता है, परन्तु धर्मान्ध बनाने के लिए नहीं पढ़ाया जा सकता। मिल धार्मिक शिक्षा के विरुद्ध था, परन्तु नैतिक शिक्षा के विरुद्ध नहीं था, क्योंकि एक विद्यार्थी में सौम्य और शिष्ट भावनाओं का होना आवश्यक है, उसे यह सीखना आवश्यक है कि वह अपने लिए नहीं समाज के लिए जी रहा है। यह काम नैतिक शिक्षा के द्वारा ही सम्भव है। मिल यह भी मानता था कि नैतिक शिक्षा देने का सर्वश्रेष्ठ स्थान परिवार है। युवक-युवती को एक अच्छा और मनुष्य बनाने वाली सर्वश्रेष्ठ पाठशाला परिवार ही है, विश्वविद्यालय तो इस नैतिक एवं धार्मिक शिक्षा को तार्किक एवं बौद्धिक आयाम प्रदान करने की भूमिका निभा सकते हैं। वही उन्हें करना भी चाहिए।

मिल ने सभ्यता के सम्बन्ध में भी अपने विचार व्यक्त किए। सभ्यता के अन्य पक्षों के अतिरिक्त, मिल ने एक विशेष पक्ष की ओर भी समाज का ध्यान आकर्शित किया। मिल ने कहा कि सभ्यता का जैसे-जैसे विकास होता जाता है, मनुष्य आराम-परस्त होता जाता है। उसकी सारी दौड़ धन कमाने और अधिक सुविधाएं बटोरने के लिए उत्प्रेरित होने लगती है। वह

कष्ट नहीं उठाना चाहता, दुख नहीं झेलना चाहता। यहां तक कि कष्ट के विचार को भी वह अपने जीवन से दूर, बहुत दूर रखना चाहता है, जबकि वीरता और वीरोचित कार्यों के लिए कष्ट उठाने ही पड़ते हैं। बिना कष्टों के जीवन के बड़े काम किए ही नहीं जा सकते।

कोई भी व्यक्ति जो उदात्त है, दूसरों के लिए जीना चाहता है, वीरोचित कार्य करना चाहता है, उसके लिए आवश्यक है कि वह कष्ट उठाने के लिए तैयार रहे, बल्कि उसे तो अपने ध्येय की पूर्ति के लिए स्वयं कष्टों का वरण करना चाहिए।

मिल ने कहा, आधुनिक सभ्यता के साथ-साथ वीरता का लोप होता जा रहा है। लोग परिश्रम नहीं करना चाहते, मुसीबतें नहीं उठाना चाहते, अप्रिय स्थितियों का सामना नहीं करना चाहते। लोग विश्राम करना चाहते हैं, सुविधाएं भोगना चाहते हैं। कायरता जीवन में प्रवेश कर रही हैं। सुविधाएं भोगना के लिए मनुष्य का नैतिक पतन हो रहा है। यह सिलसिला तब तक जारी रहेगा, जब तक सुनियोजित रूप से इसे उलट न दिया जाए। इसे उलटने के प्रयास होने ही चाहिए।

मिल ने इतिहास पर भी अपनी कलम चलाई। कहने की आवश्यकता नहीं कि मिल जो भी बात करता है, उसके कथन में एक नया अन्दाज होता है। सामान्य-सी दिखने वाली बातों में भी कुछ न कुछ असामान्यता तो होती ही है। मिल ने माना कि इतिहास, वर्तमान को अतीत की विरासत है। इतिहास कार्यो-कारणों की एक अनवरत शृंखला का नाम है।

मिल मानता है कि प्रायः हम अपनी मान्यताओं और अवधारणाओं को इतिहास में 'फिट' कर देते हैं। यदि किसी शासक ने सत्ता में आने और सत्ता में बने रहने के लिए पर्याप्त बल का प्रयोग किया तो हम उसे 'अधिनायकवादी' घोषित कर देते हैं, जबकि अधिनायकवाद की अवधारणा एक सर्वथा आधुनिक अवधारणा है। इतिहासकार अपने विचारों, अपनी प्रतिमाओं, अपनी आस्थाओं को अतीत पर थोप देते हैं।

मिल ने यह भी कहा कि इतिहास का चित्रण करने में प्रायः कल्पना का सहारा लेना पड़ता है। तथ्य तो होते ही हैं, तथ्यों पर ही इतिहास

आधारित होता है, परन्तु उन तथ्यों को विस्तृत रूप देने के लिए कल्पना की आवश्यकता होती है। प्रायः कल्पनाओं के इन उपहारों का दुरुपयोग भी होता है। इससे इतिहास विकृत होता है। यह नहीं होना चाहिए।

मिल ने 'इतिहास के दर्शन' और 'इतिहास के विज्ञान' की भी बात कही। इतिहास का दर्शन तो यह है कि उससे सबक सीखा जाए। वह गलतियां न दोहराई जाएं, जो हमारे पूर्ववर्ती लोगों ने की थीं। इतिहास के विज्ञान से मिल का तात्पर्य था कि अतीत के उपलब्ध तथ्यों को पूरी तरह संकलित कर, उनका तार्किक आधार पर विवेचन किया जाए। इतिहास में तथ्यों की तार्किक व्याख्या ही इतिहास का विज्ञान है। भविष्य के परिपेक्ष्य में इतिहास की प्रस्तुति होनी चाहिए।

मिल ने सन् 1854 में एक संक्षिप्त निबंध लिखा था– 'प्रकृति'। इस निबन्ध में मिल ने प्रकृति के सम्बन्ध में अपने विचार व्यक्त किए। जब हम आंख उठाते हैं, तो सृष्टि का एक अविरल एवं मनोरम दृश्य देखते हैं। यही प्रकृति हैं। प्रकृति की स्थिति एवं इसके विकास के अपने ही नियम है, परन्तु मनुष्य ने प्रकृति के विकास और संस्थिति के नियमों के आगे कभी माथा नहीं टेका।

मनुष्य ने अपने सुख, अपनी सुविधाओं अपनी आवश्यकताओं के अनुरूप प्रकृति के प्रवाह पर नियंत्रण पाया हैं और उसे बदला भी है। मनुष्य प्रकृति का दास बनकर नहीं रह सकता, क्योंकि यह उसकी मूल प्रवृत्ति के विपरीत है।

परन्तु मिल मानता है कि प्रकृति के प्रवाह की धारा को रोकना अथवा बदलना जहां जरूरी है, वहीं यह देखना भी जरूरी है कि प्रकृति का दोहन आवश्यकता से अधिक न हो। प्रकृति का दोहन इस प्रकार न हो कि प्रकृति का सन्तुलन अथवा उसका सौन्दर्य बिगड़े। प्रकृति के गुणकारी प्रभावों का सम्मान करते हुए उसके अन्य रूपों के साथ उतना ही खिलवाड़ किया जाए, जो न्याय एवं अच्छाई के श्रेष्ठ रूप के अनुरूप हो। प्रकृति की उदारता का तिरस्कार मनुष्य के हित में नहीं है।

साहित्य के बारे में भी मिल ने लिखा। गद्य के बारे में भी और पद्य के बारे में भी। मिल का एक लघु निबन्ध है, 'प्रोफ़ेसी'। इसमें मिल ने रोमान्स के नैतिक मूल्य की चर्चा की। मिल ने लिखा , किसी समय कहानियों एवं उपन्यासों का उद्देश्य होता था–युवक-युवतियों में वीरता की, त्याग की, तपस्या की भावनाओं को प्रेरित करना। जीवन में रोमान्स उत्प्रेरित करना, परन्तु आजकल जो कथा साहित्य प्रकाशित हो रहा है, वह निरुद्देश्य-सा है। वह व्यक्ति को कहीं नहीं ले जाता। किसी तपस्या एवं वीरता की प्रेरणा नहीं देता। यथार्थ के नाम पर कुछ भी लिखा जाने लगा है, कुछ भी छप रहा है। युवक-युवतियां 'रोमान्स विहीन' होते जा रहे हैं। साहित्य उन्हें कुछ प्रेरणा ही नहीं देता। यथार्थ लिखा जाए, परन्तु वह सत्कर्म के लिए उत्प्रेरक तो हो।

इसी तरह मिल ने एक लघु निबन्ध लिखा था, 'ऑन पोइट्री' (काव्य पर)। यह लघु निबन्ध सन् 1833 में छपा था। इसमें भी मिल ने एक मज़ेदार बात कही। मिल ने काव्य और वक्तृत्व कला की तुलना की। मिल ने कहा, भाषण एक बार सुना जाता है, कविता बार-बार सुनी जाती है। किसी भाषण को, चाहे वह कितना ही अच्छा हो, कोई बार- बार नहीं सुनता। परन्तु, अच्छी कविता को लोग बार-बार सुनते हैं। भाषण के लिए एक श्रोता समूह चाहिए, परन्तु कविता के लिए श्रोता समूह का होना आवश्यक नहीं है। इस दृष्टि से कविता तो एक स्वगत कथन है। कविता और भाषण यों तो दोनों ही अपनी भावनाओं को व्यक्त करने के तरीके हैं, परन्तु कविता मुख्य रूप से अपनी कोमल एवं उदात्त भावनाओं को व्यक्त करने का माध्यम है। मिल ने यह भी कहा कि भाषण दूसरों की भावनाओं को समझकर एवं दूसरों की भावनाओं को प्रभावित करने के लिए दिया जाता है। कविता, तो स्वयं कवि की भावनाओं को व्यक्त करती है। इसमें दूसरों का होना आवश्यक नहीं है। कवि स्वयं अपने एकांत में ज़ब डूबकर अनुभूति करता है, तो उसके मुख से कविता फूट पड़ती है।

यह कोई आवश्यक नहीं कि मिल के इन विचारों से सहमत हुआ

जाए। बल्कि कई विचार तो ऐसे हैं, जिन पर सीधे प्रहार करने को मन करता है। जैसे, वह युग बीत गया, जब कवि केवल 'स्वान्त: सुखाय' कविता लिखता था। केवल कोमल भावनाओं की अभिव्यक्ति को ही कविता माना जाता था। अब कविता सामाजिक चेतना एवं जागृति का एलान होती है। अब कविता, केवल अपने लिए नहीं, औरों के लिए भी लिखी जाती है। इसी तरह, कथा साहित्य के बारे में भी मिल के विचारों को साहित्यकारों ने स्वीकार नहीं किया। केवल स्वप्न लोक में ले जाने का नाम साहित्य नहीं है। साहित्य तो जीवन का दर्पण है। साहित्य का उद्देश्य युवक-युवतियों में रोमान्स जागृत करना नहीं, वरन उन्हें जीवन के सत्य से परिचित कराना है। जीवन तो कटु भी होता है।

मिल के इतिहास-सम्बन्धी विचार, शिक्षा-सम्बन्धी विचार, सभ्यता-सम्बन्धी विचार आदि सभी विचार लोगों ने सुने अवश्य, पढ़े अवश्य, परन्तु, उन्हें ज्यों का त्यों स्वीकार नहीं किया। उनकी आलोचना भी हुई, फिर भी एक बात सबने स्वीकार की। आलोचकों ने भी। वह यह कि मिल में हर बात को तार्किक ढंग से प्रस्तुत करने की एक मौलिक प्रतिभा थी। मिल के पास चीज़ों को समझने एवं परखने की एक 'तीसरी आंख' मौजूद थी। वह विषयों को नए कोण से देखता भी था और लिखता भी था। अपनी इसी विशेषता ने उसे मृत्यु के पश्चात् भी एक विद्वान् लेखक, एक चिंतनशील दार्शनिक के रूप में जीवित रखा।

मिल का महत्त्व

बौद्धिक बन्धुआ मजदूर नहीं था जॉन स्टूअर्ट मिल।

बचपन से ही उसे जिस तरह पढ़ाया गया, जिस तरह प्रशिक्षित किया गया, जिस तरह उसका मानसिक मेकअप किया गया उसका एक ही उद्देश्य था कि मिल बड़ा होकर हाथ में बिगुल लेकर अपने पिता जेम्स और अपने गुरु बैन्थम के विचारों का ज़यघोष करे।

लेकिन मिल ने ऐसा नहीं किया।

बेशक उसके चिन्तन का आरम्भ और अंत बैन्थम और जेम्स मिल द्वारा रटाए गए उपयोगितावाद से होता है। परन्तु, जैसे-जैसे मिल बड़ा होता गया, उसके दिमाग़ की खिड़कियां और दरवाज़े खुलते गए, ताज़ा विचारों की बौछारें भीतर आती गई, मिल के मस्तिष्क में बैठा उपयोगिता- वाद घुलता गया। उसका रूप संवरता और निखरता गया। उपयोगिता- वाद, व्यक्तिवादी संकीर्ण गलियों से निकलकर मानवतावाद के विश्व क्रीड़ांगन में खेलने लगा। मिल अपने पिता एवं गुरु के प्रति नतमस्तक था, परन्तु उसमें इतना साहस था कि वह उनके विचारों की गलतियों और कमियों की सार्वजनिक रूप से आलोचना कर सके। इस वैचारिक साहस के लिए मिल का सम्मानपूर्वक स्मरण किया जाना चाहिए।

मिल के उपयोगितावादी विचारों की समीक्षा करते हुए तमाम विद्वान-समीक्षक केवल एक ही बात पर जोर देते हैं कि मिल ने बैन्थम के उपयोगितावाद का गला घोंट दिया, मिल ने बैन्थम के उपयोगितावाद की हत्या कर दी। माना, बैन्थम का उपयोगितावाद मिल के हाथों मर गया,

लेकिन इससे यह तो सिद्ध नहीं होता मिल के विचारों में ताज़गी नहीं है। आख़िर मिल के उपयोगितावाद का मुल्यांकन बार-बार बैन्थम के उपयोगितावादी चौखटे में ही क्यों किया जाए ? मिल का उपयोगितावाद अपने-आप में सर्वथा नवीन एवं संप्रभु है। वह उपयोगितावाद सार्वजनिक नैतिकता एवं सार्वजनिक आध्यात्मिकता पर आधारित है। उसमें सहज ही समाजवाद एवं मानवतावाद के दर्शन होते हैं। मिल का उपयोगितावाद तार्किकता की कसौटी पर भी खरा उतरता है। यदि मिल के उदात्त उप- योगितावाद की पूर्वाग्रह-मुक्त समीक्षा की जाए, तो वह किसी शाश्वत सत्य के काफी समीप दिखाई देता है। इसलिए विचारों के महाकाव्य में, मिल को हाशिए से निकालकर मुखपृष्ठ पर सम्मान के साथ सजाया जाना चाहिए।

यह आश्चर्यजनक है कि मिल को राजनीति दर्शन की दुनिया में इस बात पर जरा भी सम्मान नहीं दिया जाता कि उसने महिला मुक्ति के सम्बन्ध में ज़ोरदार आवाज़ उठाई। समाजशास्त्र के विद्वानों के लिए तो यह और भी जरूरी था। परन्तु, उन्होंने भी तो मिल के साथ पूरी तरह न्याय नहीं किया। जबकि मिल आधुनिक युग का वह पहला विचारक था, जिसने महिलाओं की समानता, उनकी शिक्षा, विभिन्न व्यावसायिक क्षेत्रों में उनके प्रवेश तथा उनके राजनीतिक अधिकारों के बारे में बड़े पैमाने पर आवाज़ उठाई। इस विषय पर उसने लेख लिखे, संसद् के भीतर और बाहर भाषण दिए तथा आन्दोलनों का नेतृत्व किया। मिल के बाद तो सारे पश्चिमी जगत् में धीरे-धीरे महिला मुक्ति का आन्दोलन आरम्भ हुआ और उसे सफलता मिलने लगी। मिल ने 'महिलाओं का हाथ पकड़कर' उन्हें घर की चारदीवारी से बाहर निकाला और उन्हें समाज में विभिन्न स्थानों पर प्रतिष्ठित किया। मिल ने महिलाओं को वोट देने का अधिकार दिलाया। मिल ने अपने देश की महिलाओं के लिए पार्लियामेण्ट के द्वार खुलवाए। यही वजह है कि बर्ट्रेंड रसल से सीमोन द बुवा तक महिला मुक्ति के सभी दीवानों ने मिल की प्रशंसा में पर्याप्त प्रशस्ति पत्र लिखे।

मिल पर यह आरोप लगाया गया कि वह यथास्थितिवादी था। बुर्जुआ था। यह जानते हुए भी कि लोकतंत्र में अनेक कमियां और दोष

हैं, वह उस व्यवस्था को उलटने का दर्शन प्रतिपादित नहीं करता। एक पुरानी एवं ढुलमुल व्यवस्था को पूरी तरह ध्वस्त करके उसके स्थान पर एक नई व्यवस्था के निर्माण का उसका कोई इरादा नहीं था। वह क्रांतिकारी नहीं था। परन्तु, जो लोग बहुत क्रांतिकारी थे उनका भी क्या हुआ ? क्रांति के नाम पर एक व्यवस्था को तोड़कर नई व्यवस्था के गढ़ने वालों की नई व्यवस्था का क्या हस्र हुआ ? उनकी तथाकथित नई व्यवस्था भी समय से बहुत पहले सड़ने लगी, 'प्रेगेरिया' रोग का शिकार हो गई। नई व्यवस्था के क्रांति वीरों को स्वयं अपनी नई व्यवस्था में स्थान-स्थान पर पैबंद लगाने पड़े।

मिल आरम्भ से ही मानता था कि लोकतंत्र सर्वश्रेष्ठ शासन पद्धति अवश्य है, परन्तु इसमें भी अनेक कमियां हैं। इन कमियों को दूर किया जाना चाहिए। उसने वही किया। लोकतंत्र की कमज़ोरियां बताई और उन्हें दूर करने के उपाय बताए। वह सुधारवादी था। एक बीमार व्यवस्था को उठाकर समुद्र में फेंकने के स्थान पर वह उसका इलाज करने में विश्वास करता था। इस दृष्टि से वह गलत नहीं था।

मिल के आर्थिक विचारों को भी बहुत सम्मान की दृष्टि से नहीं देखा जाता। मिल ने वास्तव में कोई क्रांतिकारी आर्थिक सिद्धान्त प्रतिपादित ही नहीं किए। न ही उसने कोई ऐसा आर्थिक दर्शन प्रतिपादित किया जिससे चिन्तन की दुनिया में कोई तूफान आ गया हो। परन्तु, उसका सम्पूर्ण आर्थिक चिन्तन यथार्थवादी था। उसका उद्देश्य कोई मौलिक और अनूठा आर्थिक सिद्धान्त प्रतिपादित करना नहीं, वरन् आर्थिक व्यवस्था में ऐसा सुधार करना था जिसके अनुसार श्रमिकों को पूरा पारिश्रमिक मिले और पूंजीपतियों को पूरा लाभ। उत्पादन भी अधिक हो और वितरण में भी समानता हो। वह पूंजीवादी व्यवस्था को अधिक उदार बनाना चाहता था और इसके लिए क्रमिक सुधारों के मार्ग को ही श्रेष्ठ मार्ग मानता था। इसमें क्या ग़लती है ? क्या इसी रास्ते को बाद में दुनिया की तमाम पूंजीवादी व्यवस्थाओं ने नहीं अपनाया ? क्या इसी रास्ते को पूर्वी यूरोप के तमाम साम्यवादी देश नहीं अपना रहे हैं ? पूंजीवाद और समाजवाद को जोड़ने का जो 'पाप' मिल ने किया, वही तो आज 'पुण्य' बनकर पूंजीवादी

एवं समाजवादी व्यवस्थाओं को नया रूप दे रहा है। मार्क्स ने चाहे मिल पर उस समय आरोप लगाया हो कि वह 'असंयोज्य का संयोजन' कर रहा है, परन्तु बाद में स्वयं मार्क्स के अनुयायी उसी असंयोज्य का संयोजन करने लगे और उसे पेरेस्त्रोइका के नाम से पुकारने लगे। चाहे लोग मिल का नाम न लेते हों, परन्तु समाजवाद का पूंजीवादीकरण तथा पूंजीवाद का समाजवादीकरण मिल के आर्थिक विचारों की एक खामोश विजय तो है ही।

दर्शन की दुनिया में भी मिल का एक अपना स्थान है। आधुनिक बहुमंजिला इमारतों की कतार में यह स्थान विक्टोरियन काटेज जैसा है। भव्यता एवं ऊंचाई में कम, लेकिन अपनी कुलीनता की विशिष्टता लिए हुए। मिल ने आगमनात्मक पद्धति का प्रतिपादन करके तार्किक पद्धतियों को पूर्णता प्रदान की। मिल ने अनुभवात्मक पद्धति के सिद्धान्त का प्रतिपादन करके आधुनिक सामाजिक विज्ञानों के व्यवहारवादी आन्दोलन के जन्म में सहायता की। मिल ने नैतिकता के नियमों को तार्किकता का आधार प्रदान किया। उसने विज्ञान और कला के सम्बन्धों को सही परिप्रेक्ष्य में प्रस्तुत किया। और सबसे बढ़कर, उसने एक जीवन दर्शन की खोज की कोशिश की। हालांकि यह बात और है कि सारा जीवन पुस्तकों के सागर में गोते लगाने के बाद मिल जो जीवन दर्शन लेकर बाहर आया, वह पश्चिम के लिए चाहे चमत्कारी रहा हो, भारत के लिए जरा भी नया नहीं था। उन्नीसवीं शताब्दी में मिल ने पाश्चात्य जगत् के लिए जिसे दर्शन यात्रा की मंजिल माना, वह तो हजारों वर्षों से, भारतीय दर्शन का पहला पड़ाव ही था—सर्वे भवन्तु सुखिनः˙˙˙।

यों मिल को पठनीय बनाने के लिए यह तमाम बातें ही काफी थीं, परन्तु मिल यदि अमर है तो इसका मुख्य कारण है उसकी पुस्तक 'ऑन लिबर्टी '। मिल ने इसमें स्वतंत्रता को सुपरिभाषित नहीं किया, न ही वह स्पष्ट रूप से उस सर्वमान्य लक्ष्मणरेखा को निर्धारित कर पाया है जिसका अतिक्रमण राज्य को कभी नहीं करना चाहिए। तो भी, मिल की स्वतंत्रता पर सभी आरोप पत्र चिपका देने के बाद भी, ऐसा बहुत-सा प्रकाश पुंज बचता है जो उसकी तेजस्विता को प्रकट करता है। मिल

मानता है कि प्रत्येक व्यक्ति को, चाहे वह सनकी और झक्की ही क्यों न हो, अपने विचार व्यक्त करने की पूर्ण स्वतंत्रता होनी चाहिए। यह विचार संसार के समस्त स्वतंत्रता प्रेमियों के लिए बाइबल के परम आदेश-सा पवित्र विचार बन गया। संयुक्त राज्य अमेरिका के द्वीप द्वार पर स्वतंत्रता की प्रतिमा के हाथ में जो मशाल है, उसकी किरणों में मिल के विचारों की ज्योति भी सम्मिलित है। पश्चिमी यूरोप के तमाम लोग जो मानव अधिकारों की ताल तरंगों पर तैरते रहते हैं, उस सुख का भी उचित श्रेय उन्हें मिल को देना ही चाहिए।

यह सच है कि मिल व्यक्ति की स्वतंत्रता और राज्य के हस्तक्षेप के बीच कोई सर्वमान्य लक्ष्मणरेखा नहीं खींच पाया है, परन्तु मिल ने वह सीमारेखा खींची तो है, वह सर्वमान्य नहीं हो पाई तो क्या हुआ ? मिल ही क्यों, क्या किसी भी दार्शनिक या चिंतक ने वह 'सर्वमान्य रेखा' खींच दी, जो राज्य के हस्तक्षेप और व्यक्ति की स्वतंत्रता का स्पष्ट विभाजन करती हो ? मिल ने जब यह कहा कि राज्य व्यक्ति के केवल उन कार्यों में हस्तक्षेप करे जो दूसरे व्यक्तियों को हानि पहुंचाते हों, तो वह स्वतंत्रता-सम्बन्धी सार्वभौम सत्य के काफी समीप था। सार्त्र से सखारोब तक यदि मिल की स्वतंत्रता के पुजारी रहे, तो इसमें आश्चर्य की क्या बात है ?

मिल को ख्याति के शिखर से अपयश के धरातल पर कोई बात ला पटकती है, तो वह है उसका जातिगत मिथ्याभिमान। अंग्रेज होने का गर्व। सभ्य जाति का अभिन्न भाग होने की अनुभूति। उसका लोकतंत्र 'असभ्य' जातियों के लिए नहीं है। 'असमभ्य' जातियों को वह कोई स्वतंत्रता नहीं देता। ऐसे लोगों के लिए तो वह औपनिवेशिक व्यवस्था को ही सही मानता है। ऐसे बीमार मिल को कौन नमन करे।

स्पष्ट है मिल वन्दनीय नहीं है। वह केवल पठनीय है और अपने कुछ विचारों के लिए प्रशंसनीय।

□□